Das weiße Haus mit den weißen Dachziegeln

© 2024 Auflagen Theodoros Iatridis
Herstellung und Verlag: BoD – Books on Demand, Norderstedt
ISBN: 9783758331237

MIX
Papier aus verantwortungsvollen Quellen
Paper from responsible sources
FSC® C105338

Für meine Schwester

Vorwort

Manchmal erschafft uns der Verstand ganz wundersame
Welten.

1

Hinten auf dem Dachfirst des Nachbarn reihen sich die Tauben. Sie blicken alle hoch in den Himmel, dann runter in den Garten, stoßen sich ab und fliegen los. Schöne graue Artgenossen drehen immer und immer wieder unnachgiebig ihre Kreise. Sie scheppern an meinem Fenster vorbei, hinterlassen schallende Flügelschläge und landen eine nach der anderen wieder auf dem Dachfirst meines Nachbarn. Sie sind Tänzerinnen, breiten ihre Flügel aus, drehen sich im Gleichschritt einmal um sich herum, stoßen sich ab und fliegen ihre nächste Runde.

Ein wolkenloser Himmel ebnet der Sonne ihren Auftritt. Wie kann etwas so Simples immerzu wunderschön bleiben? Ein Wiedersehen, das einem ein Schmunzeln ins Gesicht treibt. Ein *hey, schön, dich wiederzusehen* oder ein *hat dir schon mal jemand gesagt, wie bezaubernd du ausschaust?* Ich möchte hierbleiben, für immer und ewig. In meinem Haus, mit Hannah, meiner Frau.

Sie wird unten sein, durch das Haus schlendern und Lieder summen. Das tut sie immer und irgendwann komme ich runter und sie lächelt mich an und ich lächle zurück. Weil ich glücklich bin.

Ich kann aber nicht für immer bei meiner Hannah in meinem Haus bleiben. Der Morgenhimmel bleibt auch nicht immer der Morgenhimmel. Die Erde dreht sich und irgendwann begrüßt mich der Mittagshimmel, dann der Abendhimmel und schließlich der Nachthimmel.

Ich muss gleich zur Arbeit, Geld verdienen. Ob die Sonne auch Geld verdienen muss? Wohl eher nicht. Scheint ein menschliches Problem zu sein. Das Leben eines Menschen überfordert den Menschen. Ich wünsche mir, für immer hier am Fenster zu stehen, keinen Hunger und Durst leiden, keine wandernde Sonne, keine Regenwolken, die mir das süße Erlebnis verderben, kein Altern, kein Sterben – für immer hier bleiben, in meinem Haus, bei meiner Hannah, neben den Tauben des Nachbarn. *Flattert, ihr schönen Flugmeister, gurrt mir ein Liedchen und tanzt dazu.*

Wenn ich nicht runtergehe, wird Hannah hochkommen und nach mir sehen. Sie wird viermal klopfen. Das tut sie immer, denn *vier* ist ihre Glückszahl und dann kichert sie, weil ich die Augen verdrehe. Ich halte nichts von Aberglauben. Einmal fragte ich mich, ob sie nur viermal klopft, um mir dabei zuzusehen, wie ich die Augen verdrehe. Seitdem verdrehe ich die Augen erst dann, wenn wir uns gegenüberstehen. Ich liebe ihr verschmitztes Kichern.

Ich halte eine leere Flasche Wein in meiner rechten Hand. Wie sie dort gelandet ist, weiß ich nicht mehr, auch nicht, wie ich hier hochgekommen bin. Ich fühle mich benommen, also habe ich die Flasche geleert und bin betrunken. Ich lache. Hier auf dem Dachboden in meinem Arbeitszimmer lache ich. Nicht laut und eigentlich ist das kein richtiges Lachen, eher so ein tragikomisches Seufzen, das einem Lachen gleichkommt. Ich habe es schon wieder getan, mich besinnungslos betrunken. Die Kurzfassung lautet also: Ich stehe betrunken in meinem Arbeitszimmer, beobachte die Tauben durchs Fenster bei ihrem Tagesgeschäft, denke an Hannah und kann mich nicht erinnern, wann und wie ich hier hochgekommen bin. Kürzer: Ich bin betrunken in meinem Zimmer und schaue aus dem Fenster. Relevant: Ich bin mal wieder betrunken.

Hinter mir an der Wand steht ein kleiner weißer Tisch. Davor ein brauner Sessel und auf dem Tisch ein Monitor mit einer Tastatur und einer Maus und unter dem Tisch ein grauer Rechner. Spartanisch eingerichtetes Zimmer soll nicht ablenken. Spartanisch eingerichtetes, weiß gestrichenes Zimmer ist mit einem roten Teppich ausgelegt. An den Wänden hängen Bilder von mir und Hannah. Sie lächelt. Rotes, langes, leuchtendes Haar. Sommersprossen im Gesicht. Sie ist die Hauptattraktion auf jeder Fotografie und ich nur ein Nebendarsteller. Wir waren jung, neunzehn Jahre alt. Viele Bilder aus ihrer Zeit im Krankenhaus auf dem Krankenbett.

Ich halte die leere Flasche Wein hoch und flüstere: „Auf dich, Hannah, und darauf, dass wir auch diese schwere Zeit überstanden haben."

Jeden ersten Donnerstag eines jeden Monats leere ich eine Flasche Rotwein zum Frühstück, ohne jegliche Erinnerung daran, wie es sich zugetragen hat. Immerzu stehe ich vor dem Fenster und beobachte Tauben.

Ich rufe meinen Chef an.

„Was gibt's, Thomas?", fragt er.

„Einen Tag Urlaub, Chef", erwidere ich.

„Du hörst dich betrunken an", stöhnt er und ich lache.

„Du musst das in den Griff bekommen. Das geht so nicht weiter. Such dir Hilfe."

„Ich brauche keine Hilfe, mir geht es gut. Kriege ich nun Urlaub oder soll ich zur Arbeit fahren?"

„Ich würde dich ohnehin wieder nach Hause schicken. Dich bei der Polizei und der Berufsgenossenschaft melden. Herrgott, Thomas, was ist bloß los mit dir?"

„Du bist nicht mein Psychiater, Chef. Du bist nur mein Chef, Chef. Also, geht klar?"

„Bleib zu Hause und morgen sprechen wir."

„No Problem. Morgen Gespräch. Ist notiert."

Ich lege auf. Gedanken sind klarer als Sprache. Sprechen fällt schwer, doch die erste Hürde ist überwunden. Jetzt folgt die nächste – Hannah ausweichen und losgehen. Spazieren. Den Tag vertrödeln und dem Leben beim Leben zuschauen.

Ich öffne die weiß gestrichene Tür, gehe langsam die weiß gestrichenen Stufen der weiß gestrichenen Treppe hinunter, gelange ins erste Obergeschoss, halte mich am weiß gestrichenen Geländer fest und gehe hinunter ins Erdgeschoss. Unten am Fußende steht meine schöne Hannah. Das Ausweichen hat sich erübrigt. Sie lächelt und ihre Sommersprossen wandern, zeichnen Sternbilder auf ihrem Gesicht und ich liebe es, wenn sie das tun. Nun lächle ich auch, wie immer, wenn ich sie sehe, und irgendwie sind wir noch dieselben Kinder, die sich vor ihrem Elternhaus das erste Mal begegnet sind. Sie in kurzer Hose mit zwei geflochtenen Zöpfen unter dem wolkenlosen frühsommerlichen Himmel und ich mit meinem rostigen gelben Tretroller und einem Kaugummi im Mund. Es ist wie damals. Wir lächeln und wir wissen, was wir damals schon wussten – wir gehören zusammen. Bis die Welt auseinanderbricht.

Sie greift mit ihren beiden Händen nach meinen und ihre linke Hand ist kalt und ihre rechte ist warm. Sie ist ein Wärmetauscher.

„Komm", sagt sie und ich folge ihr. Ich widerspreche ihr nie. Seit sie im Krankenhaus gelegen hat, widerspreche ich nicht.

„Du hast getrunken, nicht wahr?"

„Ja", antworte ich, weil ich sie nie belüge. Wir setzen uns ins weiße Wohnzimmer auf das weiße Sofa. Unsere Hände greifen einander. Alles in diesem Haus ist weiß – Fernsehwand, Couchtisch, Kommoden, Vasen, Bilderrahmen. Doch hier unten hängen nur leere Bilderrahmen. Keine Bilder von einer lächelnden Hannah mit einem komischen Nebendarsteller an ihrer Seite.

„Erzähl mir von deinem Rausch."

„Mir ist schwindelig", antworte ich.

„Und was noch?"

„Mir ist schlecht."

„Fühlst du dich gut?"

„Nein."

„Hat es geschmeckt?"

„Ich denke schon."

„Alkohol ist giftig."

„Das weiß ich."

Sie runzelt die Nase und ein Stern wird in mir geboren, wenn sie das tut. Die Sommersprossen wandern von rechts nach links und von links nach rechts und ich erkenne einen Bogenschützen, der einen Pfeil gespannt hat.

„Ich wollte nicht zu diesem Mittel greifen."

„Zu welchem?", frage ich

„Hör auf, dich zu betrinken. Tu es für mich."

„Einverstanden."

Ich weine. Ihre Stimme klingt melodisch wie plätschern-
des Quellwasser. Sie duftet nach einer Mischung aus Flieder
und trockenem Kieferholz. Ich weine, weil ich sie liebe und
dass ich trinke, missfällt ihr. Ich bin ein schlechter Ehemann.
Da ich aber ein guter Ehemann sein möchte, werde ich mit
dem Trinken aufhören. Es ist beschlossen. Ihre Sommersprossen formen sich zu einer Waage und ihre Wangen errö-
ten.

„Wie wirst du deinen Tag heute gestalten? Es ist der letzte Alkoholrausch deines Lebens. Das muss gefeiert werden.
Wie wäre es mit einem langen Spaziergang?"

„Ja, so habe ich es geplant."

„Und wenn du wiederkommst?"

„Machen wir, was auch immer du möchtest."

„Lass uns heute reden, wenn du zurück bist. Ich denke,
das ist lange überfällig, meinst du nicht auch?"

Ich schaue aus der Terrassentür in den Himmel und sehe
die Tauben ihre Kreise drehen. Sehe den blauen Himmel und
die Sonne hinter den Baumwipfeln des angrenzenden Waldes leuchten. Der Tag verspricht mir ein ganz besonderer zu
werden. Ich werde mit dem Trinken aufhören, halleluja.
Versprochen ist versprochen und ich breche keine Versprechen, die ich Hannah gegeben habe.

Ich stehe auf, löse unsere verbundenen Hände, hole mir
einen Abschiedskuss ab und verlasse das Haus. Die Sonne
ist nicht warm, der Tag nicht kalt. Es ist, als würde man sich

im lauwarmen Meerwasser auf dem Rücken mit geschlossenen Augen treiben lassen – von der Strömung, von der Leichtigkeit. Ich bin betrunken, doch wenn der Rausch vorübergestrichen sein wird, werde ich diese Leichtigkeit annehmen und über diesen wundervollen Tag hinweggleiten. Ich freue mich darauf und ich stehe draußen, doch das Draußen, das ich kenne, hat sich verändert. Mein Haus steht nicht dort, wo es immer stand. Ein Weizenfeld hat sich wie ein Teppich über das Dorf gelegt und es unter sich begraben. Die Sonne strahlt es golden an und eine Weizenwelle wird von weit her zu mir hinübergeweht. Es ist, als wolle das Leben sagen, *es fühlt sich nicht nur nach Leichtigkeit an, es ist das pure Vergnügen und allein für dich erschaffe ich einen Tag, der alle bisherigen in den Schatten stellt – und wenn ich dafür dein Haus entführen muss.*

Am Weizenfeld geht ein Trampelpfad entlang. Ein Pfahl mit zwei Pfeilen ist aufgestellt. Der eine Pfeil zeigt nach links: Abenteuer. Und der andere Pfeil zeigt nach rechts: Schutz.

Ich blicke zurück zu meinem weißen Haus mit den weißen Dachziegeln und den blauen Fensterläden.

Der Himmel ist blau, die Tauben drehen ihre Kreise, das Nachbarhaus ist verschwunden und sie setzen sich auf meinen Dachfirst. Am Fenster steht Hannah, meine rothaarige Schönheit, und winkt mir zu. Sie wundert sich nicht, dass unsere Nachbarschaft nicht weiter unsere Nachbarschaft ist. Sie wundert sich nicht über das Weizenfeld, das goldig in alle Richtungen strahlt. Wundert sich nicht, dass ich nach links spaziere und das Abenteuer wähle. Ich bin nie ein

Abenteurer gewesen, doch vielleicht sieht sie es ganz anders. Ich winke ihr zu, bis sie immer kleiner wird und wir uns nicht mehr sehen.

2

Die Füße schmerzen nicht. Ich gehe immer weiter. Stunden schon. Mein weißes Haus mit den weißen Dachziegeln, ich habe es gebaut. Damals, nachdem Hannah aus dem Krankenhaus entlassen worden war, fuhr ich täglich nach der Arbeit zum Haus und errichtete die Innenwände, verlegte Elektroleitungen und die Fußbodenheizung. Zwei linke Hände wurden zu zwei rechten. Jeden Tag nach der Arbeit arbeitete ich und abends, wenn ich zu Hannah fuhr, entspannte ich: Wir aßen zusammen, lachten, ich massierte sie, wir liebten uns.

Kannst du dich noch an das Gefühl erinnern, Hannah, als du das Haus gesehen hast? Ich sagte *Jetzt ist alles gut*. Deine Krankheit sei überstanden, unser Traumhaus sei fertig und nun könnten wir das Leben führen, das wir uns vorgestellt hatten. Du und ich bis ans Ende unserer Tage. Ich führte dich durch die Zimmer und du fragtest mich, warum alles so weiß sei und ich antwortete *Weil Weiß die Farbe der Reinheit ist, so rein wie meine Liebe zu dir*, und dir hat es gefallen. Also blieb alles weiß und es wurde zu deiner Lieblingsfarbe. Ich zeigte dir unseren langgezogenen Garten. Er wirkte auf dich wie eine Laufbahn. Es würden nur noch die Markierungen fehlen und ich lachte. Die falschen Zypressen an den Seiten haben dir sehr gefallen. Du meintest, sie würden dich an die Toskana erinnern, die du so gern auf Bildern bestaunt hast und ich entgegnete dir, dass wir dann wohl einmal in unserem Leben in die Toskana fahren sollten. Du küsstest mich und dann sahen wir uns in die Augen und ich strich dir über das Gesicht. Deine Sommersprossen explodierten wie Feuerwerksraketen und Sommersprossensplitter formten mehrere Herzen. Hinten am Ende des Grundstücks stand ein Apfelbaum. Es war Herbst und Früchte hingen an ihm und wir kosteten.

Glück ist unbezahlbar, sagtest du, *unsere Mission lautet also, dieses Haus mit Liebe auszufüllen. Dann kommt Glück von ganz allein. Meinst du nicht auch?*

Unser Haus ist zwar schon lange nicht mehr zu sehen, doch die Tauben kreisen noch immer über mir. So, als hätte ich mich nicht fortbewegt. So, als wäre nur mein Haus gewichen und das mir endlos erscheinende Weizenfeld ist überhaupt nicht endlos, der Weg auch nicht und die Tauben gurren dort, wo sie schon immer gegurrt haben, über mir. Sie erzählen mir Geschichten. Nur kann ich sie nicht verstehen. Sie machen keine Rast, fliegen seit Stunden ohne Pause.

„Es tut mir leid, dass ich euch nicht verstehe", sage ich und blicke dabei hoch zu ihnen. Im nächsten Augenblick brülle ich: „Stopp!"

Ich bin nach links marschiert, um ein Abenteuer zu erleben. Ist die Ruhe selbst und diese goldene Idylle rechts von mir bereits ein Abenteuer? Etwas, was man den Enkelkindern erzählen kann? *Hört, ich bin Stunden gelaufen und das Weizenfeld war ein Weizenfeld, von dem man sagt, es gäbe kein Ende. Also trottete ich heim zu eurer wunderschönen Großmutter zurück.*

Die Tauben begleiten mich. Treue Seelen. Flugmeister.

„Schrei hier nicht so rum."

Eine Frau sitzt auf einer Parkbank am Weizenfeld. Sie ist jung und alt zugleich. So, als würde sie sich stets verändern, so als könne sie sich aussuchen, was sie gern sein wollte.

„Möchtest du etwa alt sein?", frage ich.

„Du tust so, als sei es etwas Grauenhaftes. Schrei hier nicht so rum und setz dich zu mir auf die Bank."

„Ich habe keine Zeit."

„Wieso nicht?"

„Ich bin ein Abenteurer."

Die Frau lächelt. Sie ist blond. Nein, silbrig. Sie ist blond und silbrig im Wechsel.

„Du bist nicht mehr der Jüngste. Hast du es versäumt, auf den Abenteuerzug aufzuspringen?"

Ich bin vierzig Jahre alt. Nicht der Jüngste, doch gewiss nicht alt. Glaube ich.

„Ich bin ein Trinker", sage ich, „zumindest war ich das noch vorhin."

„Und jetzt nicht mehr?"

„Ich habe aufgehört."

„Bis du wieder zur Flasche greifst. Dann bist du wieder ein Trinker."

„Sehr scharfsinnig", spotte ich.

„Meine Tochter hat als kleines Kind immer solche Weisheiten von sich gegeben: *Wenn man Hunger hat, hat man Hunger. Wenn man müde ist, ist man müde.*"

„Ich möchte weiterlaufen. Ich bin schon vierzig."

„Sie ist gestorben. Leukämie. Vor ein paar Jahren. Um genau zu sein vor 1384 Tagen."

„Das tut mir leid", sage ich und das tut es wirklich. Ich weine. Es sprudelt aus meinen Augen. Es ist nicht meine Geschichte, doch sie fühlt sich so an. So, als wäre meine Tochter gestorben. In meinen Armen, vor meinen Augen. Als hätte ich ihr Herz gespürt und dann nicht mehr. Als erwartete ich noch ein Pochen in ihrer schmalen Brust an meiner Hand. Ein Stoß. Ein, *ich habe euch hereingelegt, ich lebe.*

„Warum weinst du?", fragt die Frau und ich entgegne: „Warum weinst du nicht?"

„Ich habe schon lange aufgehört zu weinen. Aber nicht in meinem Kopf. Da schreie und tobe ich von Sonnenaufgang bis Sonnenuntergang und in meinem Schlaf träume ich von meinem lebendigen Mädchen, das mich umarmt und mich tröstet. *Es ist gut so wie es ist*, sagt sie und streichelt mich.

Ich habe heute mein grünes Haus mit meinen grünen Dachziegeln und den blauen Fensterläden verlassen und auf einmal war da dieses Weizenfeld mit diesem Trampelpfad und da war dann dieser eine Pfahl mit den zwei Pfeilen und der eine zeigte nach links: Leben. Und der andere Pfeil zeigte nach rechts: Verzweiflung. Ich habe mich für *Leben* entschieden. Doch dieses Leben will ich nicht, also habe ich mich hier hingesetzt."

„Und was machst du jetzt?"

„Warten."

„Worauf?"

„Auf den Tod."

Die Sonne ist angenehm. Ich schaue nach den Tauben, aber nun sind sie fort. Nicht eine einzige kann ich am Himmel entdecken.

„Auf den Tod zu warten, ist der Tod selbst", sage ich.

„Dann ist das ein sehr schmerzvoller Tod. Hast du eigentlich schon zu deiner Linken geschaut? Dort, wo ich seit Stunden hinstarre?"

Ich habe ab und an zu meinem Haus und zu Hannah geblickt. So lange, bis ich sie nicht mehr im Fenster erkennen konnte. Sie war das Zentrum meines Augenmerks, das Bonbon auf meiner Zunge, mein Herzschlag und mein Atem. Danach galt meine Aufmerksamkeit dem Trampelpfad und dem Weizenfeld und ich lauschte dem angenehmen Rauschen, den der Wind durch die Halme wehte.

„Nein", antworte ich, „also hingesehen schon. Doch nicht richtig hingeschaut."

„Mir ging es genauso. Bis ich sterben wollte und voilà, plötzlich steht hier eine Bank und ich setzte mich und seither starre ich hinüber."

Ich setze mich zu ihr und blicke wie sie auf die andere Seite.

„Was sagst du, Herr Abenteurer, ist dir das Abenteuer genug?"

Die Welt bewegt sich wie auf einem Fließband. Häuser und Felder mit Kühen und Schafen und Ziegen und Zäunen ziehen an uns vorbei. Bäume wachsen, werden zu Giganten und verkümmern im nächsten Augenblick. Der Himmel am Horizont schimmert bunt unter dem blauen Himmel. Wie Polarlichter: rot, weiß, gelb, grün, violett.

„Das sieht schön aus."

„Also ist der Tod, den ich lebe, doch nicht ganz so trost-los."

„Keineswegs sogar."

Ein Rennradfahrer stoppt vor uns und versperrt uns die Aussicht. Er schwitzt, trägt eine Radsportbrille mit bunten Gläsern, einen schwarzen Helm, ein enges schwarzes Trikot und eine enge schwarze Radsporthose. Er lächelt, greift nach seiner Trinkflasche, trinkt etwas und nimmt die Brille ab.

„Moin, Leute. Herrliches Wetter heute, nicht wahr? Aber es regnet gleich. Richtiges Unwetter braut sich zusammen."

Der Himmel ist blau, die Sonne wohlig. Weit und breit nicht eine Wolke.

„Ich muss weiter. Du hast Gesellschaft, sehe ich. Das freut mich. Dann musst du nicht mehr allein sitzen."

Die Frau nickt.

„Warte", fordere ich, „du bist hier schon mal entlang ge-kommen? Bist du im Kreis gefahren?"

„Das ist meine dritte Runde heute und ich fühle mich fan-tastisch. So fit wie nie. Und das in meinem Alter."

„Wie alt bist du denn?", frage ich.

„Vierzig."

„Nicht mehr der Jüngste", sagt die Frau.

„Wann bist du losgefahren?", frage ich.

„Vor Stunden. Ich weiß nicht genau. Ich habe heute Mor-gen mein gelbes Haus mit den gelben Dachziegeln und den blauen Fensterläden verlassen und plötzlich stand ich vor diesem gewaltigen Weizenfeld und da war ein Pfahl mit zwei Pfeilen angebracht, daneben stand dieses Fahrrad mit dieser Bekleidung. Auf dem linken Pfeil stand: Gesundheit. Und auf dem rechten Pfeil stand: Fast-Food. Ich habe mich natürlich für die Gesundheit entschieden, auch wenn mir die Entscheidung nicht leicht fiel. Wer sagt denn gern *Nein* zu einem lecker gegrillten Burger mit Pommes. Wenn diese Komposition des Glücks im Gaumen zu einer leckeren Masse zerkaut wird, läuft einem doch das Wasser im Mund zusammen."

„Und es geht nur geradeaus im Kreis lang?"

„Ich weiß nicht. Irgendwie bin ich nur dem Weizenfeld gefolgt. Ich muss weiter, es regnet gleich."

Er setzt die Brille wieder auf und radelt los.

Wir schauen ihm nach.

„Merkwürdiger Kerl", sage ich, „Regen? Bei bestem Wetter? Ich glaube, er ist verrückt."

„Es duftet feucht, nicht wahr?" Die Frau neben mir spricht mit bestimmter Stimme. Eine Tonart, die sie seit unserer Begegnung nur jetzt gewählt hat. Als wolle sie sagen, *schärfe deine Sinne* und tatsächlich duftet es nach Sommerregen, nach frisch genässtem Rasen im Sommerdunst. Ich blicke rüber zum Fließband und die Erde steht still. Ich sehe drei Häuser aneinandergereiht. Ein gelbes Haus mit gelben Dachziegeln, ein grünes Haus mit grünen Dachziegeln und ein weißes Haus mit weißen Dachziegeln. Ich erkenne Hannah im Fenster. Sie winkt mir zu und über uns wirft der blaue Himmel Regentropfen herab.

„Es regnet", sage ich.

„Ist das deine Frau?"

„Ja, das ist sie."

„Sie ist wunderschön. Ich vermisse meine Tochter."

„Ist es nicht eigenartig?", frage ich.

„Dass ich deine Frau wunderschön finde?"

„Wir werden nicht nass. Es fallen von einem wolkenlosen blauen Himmel Regentropfen, die uns nicht nässen."

„Mein Sohn, der Radfahrer, bringt den Regen mit sich. Es duftet dann nach Sommerferien. Ich weiß noch, wie ich als Jugendliche im Sommergewitter aus dem Haus lief und in den Pfützen sprang. Wie meine Tochter."

Ich richte meinen Blick in den Himmel und feine Regenfäden seilen sich herab zu uns. Als ich dann wieder nach vorn schaue, sind die Häuser verschwunden und der Horizont gleicht einem See, in den ein Stein hineingeworfen wurde. Die Schwingungen breiten sich aus. Von innen nach außen. Wer hat den Horizont zum Schwingen gebracht?

Ich stehe auf.

„Hör mal, ich muss weiter. Ich bin schon vierzig. Das Abenteuer wartet nicht auf mich."

„Vielen Dank für deine Gesellschaft."

Es hat aufgehört zu regnen, ich nicke und setze meine Reise fort.

3

Die Füße schmerzen nicht. Ich gehe immer weiter. Stunden schon. Das weiße Haus mit den weißen Dachziegeln ist in ferne Erinnerung gerückt, so lange laufe ich schon. So lange, dass es sich anfühlt, als wäre es nicht mein Haus, als hätte ich es nie gebaut und hätte nie vor Erschöpfung geklagt. Dabei sehe ich es doch noch vor mir – wie ich in den Abendstunden die Malerrollen in Farbe getränkt, das Parkett verklebt und die Wände geschliffen habe. Ich fühle die Anstrengung noch immer in meinen Knochen – in den Händen, die sich morgens nur unter größten Beschwerlichkeiten öffnen ließen, weil sie nichts anderes kannten, als zuzupacken. Nun aber, nach Stunden des Gehens, ist es so, als sei es nicht mein Haus. *Ich habe nie in diesem Haus gearbeitet, die Wände nicht errichtet, die Kabel nicht gezogen.* Mir kommt es so vor, als seien es Erinnerungen eines Fremden. Wieso nur spielt mir mein Verstand einen so niederträchtigen Streich? Wieso nur lässt er mich fühlen, dass unser Glück nur Einbildung gewesen sein soll?

Hannah lächelte, als wir unser Haus bezogen, nahm meine zerschundenen Hände und küsste sie. „Danke", sagte sie und ihre Sommersprossen tanzten Ballett: „Ich dachte, ich würde es nicht mehr erleben. Nicht nach dem langen Krankenhausaufenthalt und den Ärzten, die mir versicherten, ich würde den morgigen Tag nicht mehr erleben. Außerdem … Wer hätte gedacht, dass deine linken Hände so geschickt sind …"

Das Abenteuer auf dem linken Pfad scheint eine langweilige Falle gewesen zu sein. Ich blicke hinaus ins Weizenfeld, das so schön goldig glänzt wie zu Sekunde eins schon, doch links von mir hat sich die schöne Aussicht von vorhin verabschiedet und was übrig geblieben ist, ist ein fraktales Muster, das nicht nur scheußlich anzusehen ist. Fasst man es an, bleiben schleimige Rückstände an der Hand kleben. Es gleicht einer übergroßen und überlangen fraktalen Nacktschnecke, da die Muster langsam an einem vorüberziehen. Ich setze mich auf den Boden. Nicht, dass ich mich überanstrengt hätte, ich fühle mich wie der Radfahrer, so kraftvoll wie nie zuvor. Ich schließe die Augen. Der Wind pfeift an mir vorbei und ich sehe feine rote Linien in meinem inneren Auge. Sie malen mir ein Bild und irgendwann befinde ich mich in einem roten Kiefernwald und als ich genug davon habe und die Augen öffne, ragen hinten am Horizont des Weges kleine dunkle Striche empor. Sie könnten Bäume sein, ja, ganz bestimmt sogar. Meine Neugierde entfacht meine Abenteuerlust und es ist, als würde mein Leib brennen und die einzige Möglichkeit, dieses Feuer zu löschen, ist es, mich in Bewegung zu setzen und diese Bäume zu erreichen. Also renne ich. Ich renne, so schnell ich kann. Ich fliege regelrecht, so schnell renne ich. Warum hat mir der Radfahrer diese süße Überraschung verheimlicht? Er hätte sagen können: *Hör zu, das Weizenfeld ist lang, doch auf dem Weg, da ist noch mehr. Ein Wald. Vielleicht findest du dort, wonach du suchst.* Die Striche werden größer und ich renne noch schneller, gerate jedoch nicht ins Schwitzen und außer Atem. Meine Beine sind stark und das Weizenfeld und das fraktale Muster wirken wie lang gezogene Gummibänder, an denen ich entlang zische, doch wo sind die Striche am Horizont, die ich doch längst hätte erreichen müssen? Ich halte und weit hinten sehe ich riesige Bäume herausragen. Sie sind doppelt so groß wie mein weißes Haus mit den weißen Dachziegeln, von dem ich mittlerweile nicht mehr sagen kann, ob es tatsächlich mein Haus ist. Wenn die Bäume von hier aus gigantisch erscheinen, wie hoch sind sie in Wirklichkeit?

Von hier aus erkenne ich Vögel über dem Wald kreisen. Kleine flatternde Punkte – wie ein Schwarm Obstfliegen über gärendem Obst. Ich renne wieder los, meine Beine sind Turbinen und ich stoppe, um zu sehen, wie lange ich noch brauche, doch der Wald ist noch immer in weiter Ferne, also renne ich wieder los und stoppe und renne und stoppe. Die Turbinenbeine laufen nicht heiß, ich schwitze noch immer nicht, mein Atem ist regelmäßig. Irgendwann erreiche ich den Wald und die Obstfliegen sind Geier und die Bäume kratzen am Himmel, so hoch sind sie, und ich stehe davor und der Umfang des ersten Baumes beträgt vielleicht vier Meter und der Umfang des nächsten Baumes vielleicht sechs oder sieben. Die Bäume leiden an Gigantismus, ganz sicher sogar, und das Licht der Sonne bricht kaum durch die Baumkronen. Das Innere des Waldes wirkt wie eine dunkle Kammer mit gelegentlich geöffneten Türen, durch die das Licht einen Spalt dick leuchtet. Wurzeln ranken wie dicke Schlangen über den Boden. Ist hier das Abenteuer, nach dem ich gesucht habe? Dieser dichte und dunkle Wald, in dem Wurzeln wie dicke Schlangen Gefahren von dicken Schlangen nicht erkennen lassen? Lauern hier die Geschichten, nach denen sich Abenteurer sehnen? Ich betrete die dunkle Kammer, die aus Bäumen besteht, die an Gigantismus leiden, und spüre, wie sich mit meinem ersten Schritt der Boden unter meinen Füßen bewegt. Eine Strömung, die mich hinforttreiben könnte, würde ich eine Pause einlegen. Der Wald ist also eine tückische Meeresströmung und ich gebe ihm den Namen: *Schlaflose Kammer*.

„Hey, du, wo läufst du hin?"

Eine Frauenstimme erklingt. Sie legt sich über den Wald und schallt aus allen Richtungen. In der einen Sekunde ist sie ganz nah, so als könnte ich ihren feuchten Atem an meinem Ohr spüren und im nächsten Augenblick so fern, als würde man mir leicht Undeutliches zurufen. Ein düsterer Moment, doch gleichzeitig so verspielt – als würde man mich das Fürchten lehren wollen, ohne mir das Fürchten lehren zu wollen. Tatsächlich schaudert es mich ein wenig und ich lächle dabei. Ich sehe mich um, doch ich finde niemanden, der sich einen Spaß erlaubt. Die Wurzeln versinken im Boden und tauchen wieder auf. Die Strömung lässt sie wie wahrhaftige Schlangen erscheinen, die sich über den Boden schlängeln.

„Hier oben. Nicht weiter laufen. Stell dich mit dem Rücken an einen Baum, damit dich die Strömung nicht hinforttreibt."

Ich folge der Anweisung, lehne mich an einen Baum und lege meinen Kopf in den Nacken, doch ich erkenne niemanden.

„Ich kann dich nicht sehen und ich verstehe dich nur undeutlich. Bitte entscheide dich: Bist du nun nah oder fern?"

„Du hast dich verlaufen, das ist der falsche Weg, hörst du?"

Die Stimme entscheidet sich, ganz nah zu sein. Es ist, als würde jemand direkt hinter mir stehen und mir zuflüstern. Sanfte Melodie kitzelt mich. Doch hinter mir ist niemand, nur der Baum.

„Der falsche Weg von was?", erwidere ich und nun wispern wir beide.

„Der falsche Weg durch den *Wald der Guten Hoffnung*."

„Nach Hoffnung wirkt die schlaflose Kammer nicht auf mich. Das ist ein irritierender Name."

„Der Namensgeber war ein irritierter Mensch. Du musst wieder aus dem Wald, hörst du?"

„Und dann?"

„Dann nimmst du den Fahrstuhl nach oben. Unglaublich, dass du auf dem Boden den Wald durchqueren wolltest."

„Ich bin ein Abenteurer."

„Oh, verzeih mir, das war mir nicht bewusst. Ich wollte deinem Abenteuer nicht im Weg stehen. Dann … Dann viel Spaß bei der Durchquerung. Irgendwann schaffst du es raus. Und halte dich von den violett-leuchtenden Bäumen fern."

„Was ist mit den violetten-leuchtenden Bäumen?"

„Halte dich einfach von ihnen fern."

„Okay."

„Gute Reise."

„Warte", hauche ich noch, doch sie antwortet nicht.

Ist ihr Verstummen ein Geschenk? *Hey, hör zu, du bist ein Abenteurer und Abenteurer brauchen den Nervenkitzel. Ich helfe dir nicht weiter, denn ich würde deinen Zielen nur im Weg stehen.*

Von den violetten Bäumen solle ich mich fernhalten, doch hier sind alle Bäume vom Schatten verschlungen: Werde ich sie in der Dunkelheit denn überhaupt erkennen können? Bestimmt, denn sie sollen ja schließlich leuchten. Fragt sich nur, ob sie nicht nur so heißen. Es wäre ein irritierender Name.

Hier ist kein Trampelpfad und hier sind auch keine Wegweiser, die einen zum Ausgang geleiten. Hier sind nur die vereinzelten Lichter, die durch die Baumkronen brechen. Ich setze meinen Weg fort und marschiere. Unter mir der strömende Boden. Ich verliere nicht mein Gleichgewicht. Ich laufe stur geradeaus, stolpere nicht, klettere nicht über irgendwelche Wurzeln. Alles fügt sich so, dass ich ungehindert das Ende des Waldes erreichen kann. Es ist still. Kein Rascheln, kein Wind, der das Laub der Giganten zu einem Tänzchen auffordert. Kein Brummen oder Zirpen irgendwelcher Insekten. Kein Zwitschern von Vögeln, die man hier erwarten würde. Hin und wieder blicke ich hoch, doch ich erkenne nichts, nur Dunkelheit und Lichtstrahlen. Ich schreie, doch aus meinem Mund entweicht kein Ton. Ich wurde gefressen und befinde mich im Nichts. Aber das kann nicht sein, denn hier ist nicht Nichts. Hier sind Bäume und Wurzeln und ein Boden mit einer Strömung, auf dem ich spaziere und nach dem Abenteuer meines Lebens greifen möchte. Irgendwann gelange ich an das Ende des Waldes

und da ist der Trampelpfad und rechts das goldene Weizenfeld und links eine endlose Mauer, die mit Graffitis besprüht
ist. Ich habe es geschafft. Es war ganz einfach. Ich lehne
mich an einen Baum und schreie und diesmal entweicht
meine Stimme.

„So schwer war es doch gar nicht. Hörst du? Bist du noch
da?"

„Du Idiot, weg von dem Baum", schallt es entrüstet und
ganz und gar nicht so nah vertraut, wie sie es vorhin noch
tat.

Ich drehe mich zu dem Baum und es ist ein violett-
leuchtender Baum. Er leuchtet tatsächlich und heißt nicht
nur so.

Ich springe von ihm weg.

„Los, schnell, auf den Trampelpfad", fordert die Stimme.

Doch als ich reagieren möchte, befinde ich mich wieder
im Wald. Hinter mir eine dunkle Wand und die Bodenströ-
mung lässt mich taumeln.

„Du musst den Weg nochmal bestreiten und jetzt wird er
schwieriger. Nach oben kannst du nicht mehr. Selbst wenn
du jetzt deine Meinung geändert haben solltest – du hast
dich für diesen Weg entschieden und musst nun laufen. Viel
Erfolg und halte dich von den violett-leuchtenden Bäumen
fern." Die Stimme klingt besorgt, weder nah noch fern. Ich
würde sagen, sie ist mit einer beunruhigenden distanzierten
Nervosität ausgefüllt. So als würde sie mir verdeutlichen
wollen, in welcher Bredouille ich mich befinde. Mein Wille,
ein wahrhaftiges Abenteuer zu erleben, ist ihr fremd.

„Ich bin ein Abenteurer", verdeutliche ich ihr und sie wispert: „Viel Erfolg."

Also den Weg nochmal. Und sie hat recht, diesmal erscheint er mir schwieriger. Trotzdem empfinde ich so etwas wie Anstrengung nicht. Als wäre ich von menschlichen Lastern befreit, stolpere ich bis zum Ende des Waldes, wo ich mein Gleichgewicht endgültig verliere, stürze und auf einer violetten Wurzel lande. Die Frau ruft: „Du Dummkopf, dein Abenteuer wird dir zum Verhängnis."

Ich befinde mich wieder am Anfang des Waldes und meine Füße stecken im Schlamm und ich stapfe und stapfe und ich bemerke, dass ich zu schwitzen beginne. Ich begegne einem violetten Baum und ich weiche ihm aus. Noch ein violetter Baum und noch einer. Nun wimmelt es von violetten Bäumen und es geschieht, wie es geschehen musste, ich beginne wieder von vorn, doch diesmal ist der gesamte Boden von Wasser umspült und ich kann schwimmen und die Wurzeln stellen kein Problem mehr dar, denn ich bin nun in einem wahrhaftigen Meer und sie sind unter Wasser. Doch der ganze Wald besteht nun aus violett-leuchtenden Bäumen. Ich schwimme durch den Wald, kämpfe gegen die Strömung, berühre den Boden nicht, um auf keine violette Wurzel zu treten und ich gelange zum Ende des Waldes.

„Wenn du jetzt einen Fehler begehst, wirst du die nächste Runde nicht überstehen."

Kein Missgeschick. Ich kämpfe mich auf den Trampelpfad, bin nicht nass, nur etwas außer Atem. Jetzt verspüre ich tatsächlich Durst. Ich drehe mich zum Wald und schreie freudig: „Ha! Ich habe es geschafft. Nicht jeder schafft es, richtig?"

„Glückwunsch, du bist der Erste, der es beinahe vermasselt hat. Viel Spaß auf deinem weiteren Weg."

Die Stimme kichert. Ich könnte mich täuschen, doch ich glaube, es ist ein entzücktes Kichern. So, als hätte sie Gefallen daran gefunden, mich auf meiner Reise zu begleiten.

Ich drehe mich um und links ist die Graffiti-Wand einem roten Meer gewichen. Das Aufschäumen des Meeres am Ufer klingt wie seichte Gitarrenmusik. Rote Krabben, so weit das Auge reicht, tanzen den Flamenco. Über dem Meer schwebt ein Fleischwolf und von dem Fleischwolf führt ein Steg zum Ufer. Flamenco-tanzende Krabben springen vom Ende des Stegs in den Fleischwolf und färben das Meer rot. Es ist ein grauenhaftes Selbstmordkommando, angeführt von den süßen Klängen angespülter Gitarrenmusik.

Ich marschiere weiter und kurz darauf klingelt es hinter meinem Rücken. Ich drehe mich um und der Radfahrer von vor einigen Stunden kommt angerast und hält.

„Bist du gut durch den Wald gekommen?", frage ich

„Ja, wie die letzten Male. Ich habe den Fahrstuhl gewählt und bin über die Brücke hinweggefegt. Ich fühle mich dann frei wie ein Vogel – das Laub unter meinen Füßen und hinter dem Wald weit und breit ein goldenes Weizenfeld unter goldenem Licht."

„Hast du die Frau getroffen?"

„Welche Frau, mein Lieber?"

„Die Frau, die über diesen Wald wacht."

„Da war keine Frau."

„Vielleicht ein kleiner Junge."

„Da war kein kleiner Junge."

„Hast du dort oben irgendwen angetroffen?"

„Nein, mein Lieber, da war niemand. Da waren nur der Wind und ich. Das Gefühl, fliegen zu können und die Anstrengung in den Beinen. Das Übersäuern der Muskeln. Die Spannung in den Waden. Das Gefühl, sich verausgabt zu haben, schüttet Endorphine aus. Ich bin glücklich. Also waren dort oben nur mein Glück und ich."

„Ich bin ein Abenteurer, ich verstehe nichts von dem, was du mir erzählst. Nun gut, dass du dort niemanden angetroffen hast, bedeutet nicht, dass dort oben niemand war. Dürfte ich einen Schluck von deinem Wasser bekommen?"

„Du kannst so viel trinken, wie du möchtest."

„Du brauchst noch genügend für dich und die nächsten Runden."

„Mach dir keine Sorgen. Die Flasche leert sich nicht. Sie ist unerschöpflich. Bist du nicht an der Allee vorbeigezogen? Am Ende der Allee befindet sich eine Quelle mit feinstem Trinkwasser. Du solltest in der nächsten Runde dort rasten und die Ruhe genießen. Den Rehen beim Grasen zusehen. Dort sind Ziegen, sie meckern und es klingt fantastisch. Hasen und Spitzmäuse toben, es ist durch und durch ein idyllisches Nestchen."

„Nein, ich bin an keiner Allee vorbeigezogen."

„Es gewittert gleich, ich muss los. Trink schnell."

Ich trinke reichlich, reiche dem Radfahrer seine Trinkflasche, er packt schnell zu und radelt weiter. Über uns donnert und blitzt es unter wolkenlosem blauen Himmel. Es regnet und ich werde nicht nass und irgendwann komme ich erneut bei der jung-alten Frau an. Sie sitzt noch immer auf der Bank.

„Ach, du schon wieder", sagt sie und im Vergleich zu mir ist sie klitschnass.

„Warum bist du nass?", frage ich.

„Mein Sohn, der Radfahrer. Es hat geregnet."

„Ich bin nicht nass geworden", entgegne ich.

„Dinge verändern sich. Möchtest du Platz nehmen und einer alten Frau Gesellschaft leisten?"

„Du hast dich noch gar nicht entschieden, alt zu sein. Ich sehe es deutlich vor mir. Du bist jung und alt."

„Setz dich."

Ich setze mich und blicke nach vorn. Das rote Meer ist gewichen und vor uns erstreckt sich eine Dünenwüste. Dort überleben nur die Überlebenskünstler. Spezialisten der Trockenheit.

„Eine prächtige Ödnis", sage ich.

„Trocken und leblos."

„Nicht ganz. Leben steckt überall."

„Trostlos."

„Wenn dir die Aussicht nicht zusagt, begleite mich doch. Es wird das abenteuerlichste Abenteuer, das die Welt je gesehen hat."

„Hast du denn bis jetzt etwas Abenteuerliches erlebt?"

„Nicht der Rede wert, aber es wird noch was passieren. Ich spüre es. Also, wie sieht es aus?"

„Ich kann nicht. Ich habe hier so lange gesessen, dass ich verwurzelt bin. Ich stecke fest. Meine Aussicht ist die Trockenheit. Seit Stunden hat sich dieses Bild nicht verändert."

Ich blicke zu ihren Beinen. Sie verwurzeln. Sie wird es nicht schaffen, alt zu werden. Vorher wird sie von Baumrinde umhüllt sein, ehe sie ganz und gar zu einem Baum wird. Vielleicht eine Buche. Oder eine Trauerweide.

„Das tut mir leid", sage ich, stehe auf und lasse sie allein zurück.

4

Die Füße schmerzen nicht. Ich gehe immer weiter. Stunden schon. Das weiße Haus mit den weißen Dachziegeln – ich glaube, meine Frau wartet dort auf mich.

Der Tag dauert schon lange an. Länger als gewöhnliche Tage. Die Sonne ist schön. Sie spendet Wärme und je länger ich marschiere, desto weiter weg erscheinen mir meine ohnehin schon weiten Erinnerungen. So wie die Erlebnisse in meinem Haus: abendliche Gesellschaftsspiele bei einem Glas Rotwein. Hannah gewann immer, doch unsere Freunde waren ehrgeizige Freunde und sie wollten es schaffen, Hannah eine Niederlage zuzufügen – ihr einmal den Sieg entreißen und am Ende den Thron des Spielekönigs besteigen. Wie sehr lachten wir, wussten wir doch, wer am Ende des Abends triumphieren würde. Hannah war unglaublich scharfsinnig und strategisch und sie vermochte es, uns dennoch immer wieder ein Lächeln ins Gesicht zu zaubern. Wir tranken, lachten und spielten und Hannah gewann ein ums andere Mal. Sie gehörte zu jenen Menschen, die es verstanden, ein guter Gewinner zu sein und ich weiß, hätte sie auch nur einmal verloren, wäre sie eine ebenso gute Verliererin.

„Macht nichts, beim nächsten Mal vielleicht", sagte sie – eine Floskel, ein Markenzeichen. Wie schön es sich nach den Spieleabenden anfühlte, wenn wir wieder allein waren. Am Küchentisch zu sitzen, den Rest Wein zu trinken, uns in die Augen zu schauen und uns zu sagen, wie glücklich wir miteinander seien – im Bett zu kuscheln, die Augen zu schließen und zu wissen, alles ist gut – morgens aufzuwachen und zu wissen, gestern war alles gut und bis heute hat sich nichts geändert: Gibt es einen anderen Namen hierfür als *Glück*? Vielleicht *Liebe*? Gibt es etwas größeres als *Liebe*?

Irgendwann erreiche ich einen weiteren Wald, der nicht an Gigantismus erkrankt ist. Er scheint ein Wald zu sein, der in meiner Heimat überall zu finden ist und ich trete ein, doch halt, nichts an diesem Wald ist gewöhnlich. Ich bin in einer sich mit der Realität verschmelzenden und dahinschmelzenden Cartoonwelt. Halb echt, halb Cartoon. Mein Körper, meine Arme und Füße sind real, doch meine Hände und Beine sind es nicht. Der Boden wabert auf und ab und ich warte auf eine Frauenstimme oder die Stimme eines kleinen Jungen, die wie die einer jungen Frau klingt.

Ich warte auf ein: Mach dir keine Sorgen, du befindest dich im Wald *Halb und Halb*. Die Stimme ertönt nicht. Es ist ein lichter Wald mit einem Trampelpfad, der mir den Weg weist.

Ein Reh blockiert mir den Gang. Ein gelbes Hinterteil, ein braunes Vorderteil.

„Ich möchte durch", sage ich.

„Hier ist kein Platz für dich. Du musst um den Wald herum laufen", antwortet es mir. Sprechblasen erscheinen über seinem Kopf und hängen in der Luft. Es ist zu lesen, was gesprochen wurde.

Seine Augen sind grün. Ein Grün, das eine Ernsthaftigkeit innenträgt, der man nicht widersprechen möchte. In seinen Pupillen ist ein tosendes Meer zu bestaunen, dem man nicht die Stirn bieten möchte.

„Also gut, ich gehe zurück und umwandere den Wald."

„Es ist zu deinem Besten, Mensch."

„Was ist mit dem Radfahrer? Der müsste hier durchgefahren sein."

Ich frage mich, ob auch über meinem Kopf Sprechblasen in der Luft hängen.

„Ich wache hier schon sehr lange und ich sage dir, hier ist nie ein Radfahrer durchgefahren. Und wenn doch, so wird er den Weg nicht überlebt haben. Hier leben Kreaturen, denen ihr Menschen nicht gewachsen seid."

„Verstehe. Doch ich bin ein Abenteurer."

„Du wirkst nicht wie einer."

„Ich sage es dir, heute Morgen, als ich mein weißes Haus mit den weißen Dachziegeln und den blauen Fensterläden verlassen habe, wählte ich den Abenteuerweg und seither marschiere ich entlang des Weizenfeldes und suche nach dem Abenteuer meines Lebens. Vielleicht versteckt es sich hier unter den Kreaturen."

„Verzeih, Mensch, du wirktest nicht wie jemand, der die Gefahr an den Hörnern packt. Es wird dir niemand helfen, solltest du in Schwierigkeiten geraten."

Ich nicke und das Reh, halb Cartoon, halb real denkt etwas und eine Denkblase in Hieroglyphen hängt über ihm. Es macht mir Platz und verbeugt sich.

„Leb wohl, Mensch", sagt es und ich gehe an ihm vorbei.

Jeder meiner Schritte lässt Blumen und kleine Sträucher gedeihen, doch sie verkümmern und zerfallen zu Erde, sobald ich den Fuß hebe.

Es ist ruhig, mein Gang zügig. Hie und da Vogelgezwitscher. Die Melodie zeigt sich mir. Musiknoten flattern wie Vögelchen an mir vorbei, prallen an Bäumen und Sträuchern und zerteilen sich. Aus einer Note werden zwei und aus zwei werden vier und aus vier werden acht. Sie büßen ihre Größe ein und werden immer kleiner, werden zu Abermillionen von fliegenden Noten, die jetzt wie kleine Fliegen wirken, bis am Ende nichts weiter übrig bleibt als eine Schwingung und ich sehe ihr dabei zu, wie sie verschwindet. Sie stirbt. Vor meinen Augen. Doch ich werde ihr Echo weiter tragen. Ich werde es Hannah erzählen. *Da war Vogelgezwitscher*, werde ich sagen, *und es klang so wundervoll, und die Melodie flatterte geschwind an mir vorbei. Es war herrlich, sage ich dir, herrlich.*

Nach einer Weile raschelt es in einem Gebüsch. Es ist ein violett-matter Baum, an dem das Gebüsch hochgewachsen ist, aus dem das Rascheln kommt und ich frage mich, ob diese violetten Bäume Unheilbringer sind. In meinem Fall wären sie also Sehnsuchtsbringer? Ist es die Gefahr, vor der andere sich fürchten, nach der ich hingegen dürste? Tausche ich unachtsam mein Leben gegen einen vermeidbaren Tod ein? So scheint es, denn ich lächle. Und ich weiß, es ist ein angriffslustiges Lächeln. Ein *komm doch, wenn du dich traust.*

Es raschelt etwas in einem Busch neben einem violetten Baum und bevor dieses Etwas herausgestürmt kommt (es würden fürchterliche Kreaturen den Wald beheimaten, sagte das Reh), um mir Schmerz zuzufügen, laufe ich zum Baum und lege meine rechte Hand auf den Baumstamm. Violette Bäume teleportieren, so habe ich es vorhin gelernt und gleich werde ich wieder am Anfang des Waldes stehen. Das Reh wird mit dem Kopf schütteln und mich einen Idioten nennen, weil ich es nun schwieriger haben würde.

Doch ... Nichts dergleichen geschieht. Aus dem Busch entschwindet ein Eichhörnchen und der Baum verleibt sich meine Hand ein. Es wächst Baumrinde um meine Hand und ich dufte nach Nadelgehölz. Nun bin ich halb Baum, halb Cartoonmensch.

„Warte", rufe ich dem Eichhörnchen zu und das Eichhörnchen dreht sich zu mir.

„Meinst du mich?", fragt es und eine Sprechblase erscheint über seinem Kopf.

„Ja, ich brauche Hilfe, sonst werde ich zu einem Baum. Ich rieche bereits wie einer." „Hat dich das Reh nicht vor den violetten Bäumen gewarnt?"

„Nein, es hat mich meinem Abenteuer überlassen."

„Du wirst kein Baum. Wenn es Nacht wird, kannst du dich lösen und nach Hause marschieren."

„Heute wird es nicht Nacht, so scheint es."

„Dann bitte den Baum doch darum, dich wieder freizulassen. Ich muss weiter. Viel Glück, Mensch."

Ich blicke hoch zu dem Baum.

„Ich bin ein Abenteurer", rufe ich, „ich darf hier nicht feststecken."

„Du bist nicht der Jüngste", antwortet mir der Baum und es erscheint keine Sprechblase.

„Du verstehst mich also?", frage ich kleinlaut und versuche, so respektvoll wie möglich zu klingen.

„Bist du bereit, einen Finger Tribut zu zahlen? Nur dann lasse ich dich weiterziehen."

Einen Finger, um eine Hand zurückzugewinnen. Ich denke, es ist ein guter Handel.

„Ich zahle dir zwei Finger, wenn du mich noch über den Wald aufklärst."

Zwei Finger, um ein Leben nicht zu verlieren, halte ich für einen besseren Deal.

Das Bauminnere wird weich und ich kann mich losreißen. Mir fehlen die zwei äußeren Finger meiner rechten Hand. Sauber abgetrennt. Die Wunden sind verheilt. Der Baum ist entweder ein hervorragender Chirurg oder meine Cartoonhand leistet außerordentliche Dienste.

„Was möchtest du wissen?"

„Wie gelange ich sicher durch den Wald?"

„Lauf, Abenteurer."

Ich laufe los. Bin schnell. Er ist der einzige violette Baum weit und breit. Aufgrund meiner Abenteuerlust bin ich ihm in die Falle getappt und habe ihm zwei Finger überlassen.

Der Wald ist ruhig und ich werde langsamer, jogge nun, passiere eine Schneeetappe. Es rieselt Schnee von den Nadeln und ich versuche, die Flocken mit der Zunge zu fangen. Passiere eine wüstenähnliche Etappe, die keine Wüste ist, da das Areal Nadelbäume beheimatet und letztlich durchquere ich eine felsige Etappe.

Hannah würde der Wald gefallen. Sie ist eine ausdauernde Spaziergängerin. *Wer das Haus nicht verlässt, weiß nicht, wie es vor der Tür aussieht*, sagte sie stets.

Irgendwann höre ich ein Brummen hinter mir und der Boden wird unter diesem Brummen erschüttert. Es klingt wie ein Schiffsmotor. Bedrohlich wie ein Knurren. Was auch immer es ist, es lässt meine Beine für einen kurzen Moment labberig weich werden. Für einen kleinen Augenblick also bin ich ein Gummimensch. Ich drehe meinen Kopf. Eine bizarre und grässliche schwarze Kreatur verfolgt mich. Sie besitzt acht Beine, einen borstigen und robusten runden cartoonhaften Körper, an dem die haarigen cartoonhaften schwarzen Beine wie kräftige Holzlatten anliegen und einen realen Wolfskopf. Sie ist halb Spinne, halb Wolf und sie ist schnell. Ich steigere mein Tempo, hebe beim Laufen einen Stock und werfe ihn auf die Kreatur, in der Hoffnung, sie zu treffen und zu verletzen, doch ich werfe weit an ihr vorbei. Ich greife nach dem nächsten Stock, doch die Kreatur ist plötzlich und unerwartet verschwunden. Vielleicht ist sie eine listige Strategin und wiegt mich in Sicherheit. Ich bin heute schon in einige Fallen getappt. Diesmal nicht. Wachsamer Geist Seite an Seite mit wachsamen Augen. Ich laufe also weiter, blicke um mich herum und entdecke die Kreatur. Sie hat mich eingeholt, läuft über den Boden, als sei sie ein Teil der Erde. Als würde die Erde selbst ihr Auftrieb verschaffen, wie eine Welle, wie ein unheilbringender Tsunami, um ihre Beute zu jagen und zu erlegen. Sie überholt mich und mit einem Satz steht sie dann vor mir. Ich bremse, stolpere und falle vorn über. Wendige Kreatur hat mich fest im Blick. Wir schauen uns also in die Augen und aus ihren Pupillen entweichen Hilfeschreie. Ich wage es nicht, mich zu bewegen, denn ich fürchte, ich werde gebissen und könnte Teil dieser Hilfeschreie werden. Ihr Atem stinkt nach Kadaver und in ihrem Maul steckt der Stock, den ich auf sie geworfen habe. Sie spuckt ihn mir vor die Füße, springt auf und ab und hechelt. Meine Verwunderung ist groß. Ist die Kreatur, vor der ich mich fürchte und enteilte, etwa halb Hund, halb Spinne? Ein Wesen mit einer zarten Seele und zur Hälfte der beste Freund des Menschen? Ich hebe den Stock auf und werfe ihn mit all meiner Kraft tief in den Wald. Die Kreatur sprintet über Stock und über Stein, wirft sich durchs Gestrüpp, um mir den Stock zu bringen. Ich verlasse mich nicht darauf, einen verspielten Partner gefunden zu haben und laufe weiter, bis ich das Ende des Waldes erreicht habe. Ich verlasse ihn endgültig und siehe da: Mit all meinen Fingern an beiden Händen. Sie sind wieder dran. Eine Sprechblase erscheint, doch ich höre niemanden sprechen: „Du hast den Wald *Realität ist ein Trugschluss* durchquert. Gut, dass du dich von den roten Bäumen ferngehalten hast."

Ich habe keine roten Bäume auf meinem Weg entdeckt.

5

Die Füße schmerzen nicht. Ich gehe immer weiter. Stunden schon. Das weiße Haus mit den weißen Dachziegeln: Existiert es überhaupt? Habe ich eine wunderschöne Frau, die dort auf mich wartet? Ist alles, was ich zu wissen glaube, überhaupt tatsächlich oder nichts weiter als blanke Illusion?

Ich weiß es nicht mehr. Dabei habe ich heute Morgen mein Haus verlassen und meiner Frau zugewinkt. Und ich weiß noch, wie viele schöne Stunden wir in diesem Haus verbracht haben.

Ich liebe dich, sagte ich immer morgens und abends und sie erwiderte selbstverständlich: *Ich dich auch*, und ich zweifelte nicht daran. Wir liebten uns. Jedes Mal, wenn wir uns in die Augen blickten. Mein Alltag mit Hannah war für Außenstehende sicherlich nicht sonderlich spannend, aber das muss Liebe auch nicht sein, glaube ich. Wir kuschelten vor dem Fernseher, aßen spät nachts gern eine Tüte Chips und tranken ein Glas Wein. In den Abendstunden gingen wir spazieren: zur Sommerzeit zu Sonnenuntergängen und zur Winterzeit unter sternenklarem Himmel. Wir waren, so kann man es beschreiben, ein akkurates Gespann. Eine Partnerschaft ohne Drama, Aufregung und Eifersucht. Wir liebten uns im Stillen ganz zweisam, spürten uns verlangend unter der Decke, küssten uns, wann immer wir einander unter dem weißen Dach des weißen Hauses begegneten.

Hannah liebte Schach, konnte es aber nicht spielen, da ihr die Regeln fremd waren. Sie unternahm auch keine Anstrengungen, das Spiel zu erlernen. Ihre Liebe beschränkte sich also auf die angestrengten Gesichter. Ihnen beim Grübeln zuzuschauen, sei ihr ein Genuss. Die losgelösten Gesichtszüge nach jedem Spielzug zu bestaunen, das sei es, was sie faszinieren würde. Nach jedem Krieg gehe ein Friede vom Spielenden aus. Eine Siegeszuversicht, die zu jedem Zeitpunkt umschwenken könnte und dessen wären sich die Spielenden auch bewusst. Somit würde jeder Zug ausgekostet werden. Ein Triumph: Ich habe eine Lösung zu einer Problematik gefunden.

Vorne steht ein Pfahl, an dem ein Pfeil angebracht ist. Er zeigt nach links und auf dem Pfeil ist zu lesen: Pause. Ich schaue nach links und dort steht ein türkisfarbenes Haus mit türkisfarbenen Dachziegeln und blauen Fensterläden. Ich verlasse meinen Trampelpfad, öffne die türkisfarbene Tür und trete ein. Es ist ein Café und es fühlt sich an, als wäre das Heute ein Gestern und alles, was ich gerade tue, ist bereits vollbracht worden. Mein Blick ist getrübt, ich befinde mich eindeutig in einem Café unter Wasser, doch ich kann atmen. Ich befühle meinen Hals, meine Ohren, meinen Kopf – es sind mir keine Kiemen gewachsen. Also wirkt es nur so, als wäre ich unter Wasser und auch nur so wie ein Gestern. Ich versuche, diese Wirkung in Sprache zu denken: Ich habe mich gesetzt und irgendwann wird vielleicht jemand gekommen sein, der meine Bestellung angenommen haben wird.

In Sprache zu denken, was bereits geschehen ist, das noch nicht geschehen ist, ist mir zu absurd. Ich lebe jetzt, auch wenn es sich so anfühlt, als sei alles bereits gelebt.

Die Wände des Cafés sind mit dunkel lasierten Schwartenbrettern genagelt. Ich trete auf helle Kieferndielen und von oben hängen Meeresdekorationen – ein Fischernetz, Seesterne, Krabben (ob es ausgestopfte Flamenco-Krabben sind?), Schwertfische …

Ich setze mich und von der türkisfarbenen Theke aus blickt mich ein alter Mann an. Oder ist es eine alte maskuline Frau? Es ist ein Mensch, zweifellos, und der Mensch zeigt auf den Tortenständer, ob ich denn gern ein Stück Kuchen essen wolle und ich schüttle den Kopf. Er macht eine trinkende Geste und ich nicke. Er zeigt auf Kaffeebohnen und ich nicke, zeigt auf eine Tüte Milch und ich nicke, zeigt auf ein hohes Glas und ich nicke. Irgendwann kommt er an meinen Tisch und serviert mir Apfelsaft.

„Ich habe einen Latte Macchiato bestellt", sage ich und inspiziere den Menschen vor mir ganz genau.

„Manchmal wissen wir nicht, was gut für uns ist", sagt der Mensch.

„Mag sein, aber ich möchte einen Latte Macchiato."

Der Mensch nimmt das Glas mit und serviert mir nach einiger Zeit, was ich bestellt habe.

„Darf ich mich setzen?", fragt er.

Das Gefühl, im Gestern zu leben, ist dem Gefühl, in der Zukunft zu leben, gewichen.

„Kann es sein, dass die Zeit hier ein wenig verrücktspielt?", frage ich.

„Tut sie das denn nicht immer?"

„Setz dich. Darf ich dich etwas fragen?"

„Nur, wenn du bereit bist, die Antwort zu ertragen, mein Junge. Wir Menschen sind einfältig."

Je länger ich ihn anblicke, desto älter wirkt er: schwach und zerbrechlich. So, als würde er zerbröseln, würde ich ihn in meine Arme schließen. Er trägt einen türkisfarbenen Overall und ein weißes Shirt darunter.

„Bist du Mann oder Frau?"

„Das geht dich einen Scheißdreck an."

Ich lache, der Mensch nicht.

„Warum lachst du?"

„Na ja, du hast recht, es geht mich nichts an. Warum wolltest du dich zu mir setzen?"

„Ich war mal jung. So jung, wie du es jetzt bist."

„Ich bin schon vierzig."

„Ich war mal jung."

Die Decke über mir bewegt sich. Die Fische, Seesterne und Krabben sind lebendig geworden und drehen sich im Kreis. Es sind Flamenco-Krabben und sie tanzen so schön wie jene vom Strand.

„Ich wollte mich mal wieder jung fühlen und wollte mich zu dir setzen."

„Die Zeit spielt hier verrückter als sonst wo. Schau da, sie leben wieder. Sie sind nicht weiter ausgestopft. Du kannst doch auch wieder jung werden. Vorhin noch, ich glaube, es war vorhin, habe ich eine Frau auf einer Bank getroffen, sie war im Begriff, zu einem Baum zu werden. Sie konnte sich nicht entscheiden, ob sie jung oder alt sein wollte. Entscheide dich doch einfach, wieder jung zu werden."

„Wie hat diese Frau ausgesehen, mein Junge?"

„Blond-silbriges Haar und hat von ihrer Tochter gesprochen. Leukämie. Traurige Geschichte."

„Du hast Elisabeth kennengelernt. Tja, mein Junge, das war meine Frau. Wir hatten ein Kind zusammen. Es ist gestorben und Elisabeth hat sich entschieden, ihren eigenen Weg zu gehen. Dass sie bald ein Baum geworden sein wird, wundert mich nicht. Sie ist zu schwach, um allein zu laufen, hat es aber nicht erkannt. Sie hat sich sicherlich hingesetzt und wollte anschließend nicht weiter. Hat man erstmal aufgegeben, gewöhnt man sich daran, immer wieder aufzugeben."

„Du hast eine tolle Frau."

„Eine Baumfrau."

„Und was ist mit dir?"

„Ich führe weiterhin dieses Café und bewirte Durchreisende."

„Es strengt dich an."

„Meine Tochter ist gestorben, natürlich strengt es mich an."

„Und du bist alt geworden."

Unter unseren Füßen reißt der Boden auf und wir fallen in einen Schlund.

Ich bin nicht weiter im Gestern, nicht in der Zukunft, nicht unter Wasser. Wir fallen so lange, bis ich ein Blau erkenne, und die Sonne klebt wie eine Collage an diesem Blau. Ich blicke hinunter und da steht das türkisfarbene Haus mit den türkisfarbenen Dachziegeln. Das Dach ist ein sperrangelweites Maul mit fletschenden Holzlattenzähnen und es verspeist uns. Wir fallen auf zwei weiche rote Kinosessel und sitzen dort im Café, wo wir vor unserer Reise gesessen haben, und der Mensch antwortet:

„Meine Tochter ist gestorben, natürlich bin ich alt geworden. Ich bewirte meine Gäste, setze mich zu ihnen und höre ihnen zu. Heute hörst du mir zu, dabei wollte ich in den Genuss einer Ablenkung kommen. Drehen wir den Spieß um: Sag, Junge, was treibt dich hierher?"

„Ich bin ein Abenteurer. Ich suche nach dem Abenteuer meines Lebens."

„Hast du es nicht bereits erlebt? Du bist nicht der Jüngste."

„Ich bin schon vierzig."

„Was ist geschehen?"

„Ich war ein Alkoholiker. Jetzt bin ich es nicht mehr."

„Bis du wieder zur Flasche greifst."

„Das hat deine Frau auch schon gesagt."

„Meine Tochter hat als Kind immer solche Weisheiten von sich gegeben. *Wenn du Hunger hast, hast du Hunger.*"

„Auch das ist mir bereits bekannt."

„Warum hast du aufgehört zu trinken?"

„Ich glaube, ich habe es meiner Frau versprochen. Es ist schon lange her, ich kann mich nur vage daran erinnern. Heute Morgen war es, glaube ich. Bevor ich das Haus verlassen habe. Sie hat mich darum gebeten und ich kann ihr keinen Wunsch abschlagen. Ich glaube, wir leben in einem weißen Haus mit weißen Dachziegeln und blauen Fensterläden und wir haben im weißen Wohnzimmer auf unserem weißen Sofa gesessen und sie hat mich darum gebeten, ich bin mir aber nicht sicher. Sie ist wunderschön mit ihrem leuchtend roten Haar und ihren Sommersprossen im Gesicht. Gern erzähle ich dir auch von ihrer speziellen Neigung. Sie liebt Schach, ohne es spielen zu können. Im Grunde genommen hat sie eine Schwäche für Schach spielende Menschen auf der Suche nach Problemlösungen. Sag, ist das nicht eigentümlich?

Und ihre Sommersprossen erst, sie wandern von links nach rechts und von rechts nach links und formen mir schöne Bilder. Manchmal gar zeigen sie mir schöne Geschichten. Wenn sie die Nase runzelt und mich anlächelt, schmelze ich regelrecht dahin. Ich bin der glücklichste Mensch auf diesem Planeten, doch ich bin so lange gelaufen, dass ich nicht mehr weiß, ob diese Frau nicht nur eine Fata Morgana meiner Gedanken ist. Ich habe auch zwei Kinder. Zwei Mädchen. Beide zuckersüß mit blonden Löckchen und einem Lächeln goldiger noch als das Weizenfeld vor deiner türkisfarbenen Haustür. Wenn ich mit dem Auto von der Arbeit nach Hause komme, warten sie draußen auf mich und rufen: *Papa, Papa.*

Ich steige aus und sie springen mir in die Arme. Ich habe ein tolles Leben. Das ist die Wahrheit, glaube ich, das muss sie sein, denn ich bin glücklich. Egal, wie lange es her ist, ich könnte meine Frau und meine Kinder niemals vergessen und ich schäme mich, sie manchmal infrage zu stellen.“

„Warum trinkst du denn dann? Warum berauschst du dich und versäumst all die schönen Momente?“

„Es ist Vergangenheit und es ist nur einmal im Monat gewesen.“

„Einen ganzen Tag lang?“

„Einen ganzen Tag lang."

„Wie lang erscheint dir der heutige Tag?"

„Wie ein ganzes Leben."

„Warum trinkst du ein ganzes Leben, wenn es doch so lebenswert ist?"

„Ich trinke nicht mehr."

„Aber das hast du, mein Junge."

Ich bin still. Der Mensch in dem türkisfarbenen Overall steht auf und er ist nicht mehr alt. Das Haus bebt, bröckelt entzwei und eine Leinwand fährt aus dem Boden. Er springt in die Leinwand, steigt in einen schwarzen Ford Mustang und fährt an einen Strand. Der junge Mensch in dem türkisfarbenen Overall ist ein Filmstar geworden. Das Meer glitzert, der Sand blendet, so hell ist er, die Sonne ist heiß und Schweißperlen bilden sich auf seiner Stirn. Der Mensch wirkt wie ein Draufgänger und alles scheint der Richtigkeit zu entsprechen. Junge Menschen sollten schließlich ihr junges Leben auskosten, solange sie jung sind. Ich sitze im roten Sessel und auf meinen Schoß fällt eine Popcorntüte vom Himmel. Ich greife hinein und schaufle mir das Popcorn in den Mund, salzig, und zu meiner rechten Seite steckt ein Colabecher im Getränkehalter.

Der Mensch im Overall springt mit seinen Kleidern ins Wasser, kühlt sich kurz ab, steigt dann mit nasser Kleidung zurück ins Auto, fährt über Serpentinen hinauf auf einen Berg, stellt sich an einen Aussichtspunkt, vertrödelt seine Zeit, blickt hinunter auf die mit Olivenbäumen umsäumte Landschaft und richtet sein Wort an mich.

„Ich habe viel Zeit mit mir allein verbracht, statt Zeit mit meiner Tochter. Nun ist sie fort und all meine alleinigen Erlebnisse sind vergeudete Stunden gewesen. Was hätte ich mit ihr nur alles erleben können? Wie viele schöne Erinnerungen sind mir entgangen?"

Der Mensch stürzt sich vom Berg, springt raus aus der Leinwand, rüber ins Café auf seinen roten Kinosessel neben mir und ist nicht weiter jung. Es fällt eine Tüte Popcorn von oben in seine Hände.

„Was passiert jetzt?", frage ich ihn.

„Es wird eine andere Geschichte gezeigt."

Wir sitzen also nebeneinander und auf der Leinwand tut sich eine Straße auf. Es ist Nacht. Eine Familie sitzt in einem Auto und der Fahrer fährt rasant. Er verliert die Kontrolle des Fahrzeuges und sie kollidieren mit einem alten stämmigen Baum.

„Sind sie tot?", frage ich.

„Der Fahrer war schon tot, glaube ich. Ich kann dich aber beruhigen, es ist niemand gestorben."

„Sie sprachen von dem Fahrer."

„Es war nur ein seelischer Tod, glaube ich. Man erzählt mir nicht alles. Meine Tochter würde jetzt sagen: *Wenn dir nicht viel erzählt wird, kannst du nicht viel wissen.* Was ich allerdings weiß, ist, der Fahrer verlor seine Beine und irgendwann hat ihn seine Frau samt der Kinder verlassen. Ein Trinker. Zu viel Alkohol verdirbt einem das Leben. Tragisch. Wirklich tragisch."

Der Film ist zu Ende. Die Leinwand fährt in den Boden, das entzweite Café wird wieder eins und ich bin erneut unter

Wasser im Gestern. Ich möchte sprechen, doch alle meine Worte blubbern aus mir heraus. Ich kriege keine Luft. Der Mensch zieht einen Stöpsel aus dem Boden und das Wasser entweicht.

„Mein Junge, die Show ist beendet. Vielen Dank für deinen Besuch. Wenn du wieder in der Nähe bist, komm rein und leiste mir etwas Gesellschaft."

Ich stehe auf, habe keinen einzigen Schluck von meinem Latte Macchiato getrunken.

„Ich habe Durst", sage ich, „Könnte ich etwas Apfelsaft bekommen?"

Der Mensch bringt mir ein Glas Apfelsaft. Jetzt trinke ich einen Apfelsaft und er meinen Kaffee, der aus irgendeinem Grund nicht mit dem Wasser weggespült wurde.

„Hinten führt ein weiterer Weg abseits des Weizenfeldes entlang. Hast du Interesse?"

„Ist es ein Abenteuerweg?"

„Ich weiß nicht, mein Junge. Es ist ein Wegweiser angebracht, doch der Pfeil ist so weit oben und meine Augen sind zu schlecht, um etwas zu erkennen. Eine Leiter besitze ich auch nicht."

„Führe mich dorthin."

Wir passieren die Terrassentüren und hinten am Horizont fliegen Kampfjets. Sie bekriegen sich. Schüsse wie Donnergrollen reichen bis zu uns herüber. Die Kampfjets fallen. Einer nach dem anderen. Anstatt dass sie weniger werden, kommen sie in Scharen angeflogen. Die Anzahl steigt exponentiell. Irgendwann wird von weit her nur eine Masse zu erkennen sein, die wie Regentropfen vom Himmel fallen wird.

„Irrsinnig", sage ich.

„Die Menschen werden nicht schlauer. Wir sind nur kurz hier und sehnen uns oftmals nach dem Tod. Das ist die wahre Tragödie."

Vor uns erstreckt sich hochgewachsenes Gras. Vielleicht drei Meter hoch und vor der Wand aus Gras ist der Wegweiser angebracht.

„Ich steige auf deine Schultern, dann sollte ich die Aufschrift lesen können."

„Warte, ich mache mich etwas jünger."

Ein junger Mensch mit breitem Kreuz geht in die Hocke. Ich steige auf ihn, halte die Balance am Mast und er stemmt mich hoch und ich lese: Abenteuer.

„Es ist ein Abenteuerweg", rufe ich und er geht langsam in die Knie, damit ich sicher absteigen kann.

„Hier ist eine Machete. Sie stand am Mast."

Ich greife nach der Machete.

„Vielen Dank für die unterhaltsame Pause", lächle ich und bahne mir den Weg durch das Gras mit der Machete frei.

6

Die Füße schmerzen nicht. Ich gehe immer weiter. Stunden schon. Ich hatte mal ein weißes Haus mit weißen Dachziegeln. Es war wunderschön – mit einem Schlafzimmer, zwei Kinderzimmern und einem Büro auf dem Dachboden. Mein Leben war perfekt. Eine wunderbare Frau an meiner Seite, zwei freche Kinder und ein verspielter Hund lebten auch in unserem Haus – glaube ich.

Das Wohnzimmer war weiß gestrichen, geschmückt mit weißen Bilderrahmen ohne Fotos. Wir hatten eine Terrasse, auf der wir in den Sommermonaten gern bis in die Abendstunden saßen, erzählten und lachten. Die Kinder hatten wir schlafen gelegt und ich saß mit Hannah und wir aßen Wassermelone und tranken Weißwein. Ich liebte es, wie tollpatschig sie sich beim Essen einer Wassermelone angestellt hatte. Sie mochte keine Kerne. Ihre verkrampfte Haltung und dieses angestrengte Gesicht beim akribischen Entfernen eines jeden Kerns war ein köstlicher Anblick. Ich lachte immerzu und sie sagte dann immer: *Wer es kernlos mag, muss die Kerne entfernen.*

Ich denke in der Vergangenheit, dabei habe ich erst heute Morgen unser Haus verlassen, vorher noch mit Hannah darüber gesprochen, meinen Alkoholkonsum endgültig zu beenden. Also hätte ich sagen müssen: Ich habe ein Haus und im Wohnzimmer hängen weiße Bilderrahmen.

Hannah und ich kennen uns seit der Kindheit und seit unserer ersten Begegnung liebe ich sie. Als Kind lachte sie unentwegt, so als sei alles eine Komödie, bei der es zu lachen galt. Sie fiel vom Fahrrad, schrammte sich das Knie auf und lachte. Sie fiel in einen Bach, beim Versuch auf die andere Seite zu gelangen, wurde nass und lachte. Einmal nässte sie sich beim Lachen ein und sie lachte noch lauter. Ich verliebte mich in ihre Sorglosigkeit, in ihre Lebensfreude und das Lachen, das sie mir zeigte, in ihre Stimme und wie sie *kawabang* rief, wenn wir uns spaßeshalber rauften und in ihre selbst kreierten Redewendungen: *Scheint dir die Sonne auf den blanken Kopf, trag die Glatze nachts oder einen Topf.* Sie schien es nicht zu kümmern, was andere über sie dachten, denn egal wie tollpatschig sie auch war, sie lachte. Und ich? Ich schaute ihr dabei zu und versank in liebliche Träume.

Bin ich vielleicht schon viel zu lange spazieren gewesen, sodass ich nicht mehr sagen kann, dass alles, was Mein war, noch Mein ist?

Die Machete ist scharf und mein Arm hackt sich einen Weg frei. Die meterhohen Gräser fallen zu Boden, die Sonne steht noch immer weit oben und das Donnergrollen der Kampfjets wird immer lauter. Ich nähere mich dem Kampfgebiet und frage mich, wer sich dort bekriegt. Ich hoffe nur, dass mein Haus nicht unter Beschuss steht. Hannah und den Mädchen wird es gut gehen, da brauche ich mir keine Sorgen machen. Wir haben einen Keller und sie werden sich dort verstecken, bis alles vorbei ist. Hannah wird den Kindern Liedchen singen und Geschichten erzählen. Wir haben eine Küche im Keller und genug Vorräte und Spiele für die Langeweile. Doch das Haus – es wäre eine Last, alles wieder aufzubauen: Mauern, Dachskelett, putzen. Allerdings stände mir meine Familie zur Seite und sie würde mich in jeglicher Hinsicht unterstützen und Lucky, unser vierbeiniger Bully, unser Rabauke, würde uns aufheitern, sollten wir unter der Anstrengung verzweifeln.

Besitzen wir überhaupt einen Hund? Sobald ich wieder Zuhause bin und noch alles so steht, wie es stehen sollte, frage ich Hannah – ich werde sie also fragen: *Haben wir einen Hund und heißt er zufällig Lucky?*

Sie wird *Ja* sagen, ich bin mir sicher und dann werden wir lachen, weil ich mir unsicher war. Und sie wird sagen: *Diesmal bist du der Tollpatschige von uns.*

Mit ein bisschen Glück wird unser Haus die Gefahr der herunterstürzenden Kampfjets erkannt haben und bereits umgezogen sein. Nur, wie finde ich dann wieder zurück? Ich hoffe, mir wurde eine Nachricht mit den neuen Koordinaten hinterlassen, aber vielleicht ist das alles gar nicht so, wie ich es mir ausmale. Vielleicht sind alle wohlauf und spielen im Garten, statt im Keller auf das Ende eines lächerlichen Krieges zu warten. Vielleicht springen sie seil und lachen und unsere zwei Katzen sonnen sich und Lucky bellt und springt um die Mädchen. Ja, vielleicht sitzt Hannah auf unserer Terrasse, schlürft eine Tasse grünen Tee und beobachtet die Mädchen in ihrer Freude.

Ich glaube, wir haben Katzen. Ich sehe es vor mir, ich bin ein Tierliebhaber. Doch sicher bin ich mir nicht. Aber es ist eine schöne Vorstellung. Ich lebe also in einem lebendigen Haus. Wenn ich so viel sehe, was meinem Verstand abhandengekommen ist, muss es an diesem Ort hier liegen. Also gebe ich ihm den Namen *Gras der Erinnerung.*

Es wäre ein irritierender Name, sollte es das *Gras der Einbildung* sein.

Ich erreiche das Kampfgeschehen und die Irrsinnigen metzeln sich über mir ab. Sie fangen Feuer, fallen herab, verwandeln sich unter Rauchschwaden zu Schmetterlingen und flattern hinfort – Zitronenfalter, Taubenschwänzchen, Monarchfalter, Admirale. Bunte Kampfjets, die keine mehr sind. Sie setzen sich auf Blumen und Fliederbäume und erfreuen sich der Sonne.

„Sie sind zur Einsicht gekommen", sage ich laut.

„Vor dem Tod kommen die meisten zur Einsicht."

Ich drehe mich um mich herum, schaue hoch, blicke zu Boden, doch ich sehe niemanden.

„Hier, du Trottel."

Vor meinen Augen fliegt eine Holzbiene. Ich schlage sie zu Boden und zerquetsche sie. Ich habe eine Bienenallergie. Mit der Machete in der Hand bahne ich mir den Weg frei. Über mir herabregnende Schmetterlinge, vor mir das *Gras der Erinnerung.* Nach etlichen Stunden, ohne die geringste Anstrengung zu verspüren, bleibe ich stehen und rufe.

„Das langweilt mich." Doch dieses Mal passiert nichts. Ich hatte angenommen, dass auf mein Rufen eine Reaktion folgen würde. Offenbar habe ich mich getäuscht. Keine Blasen in der Hand, keine Erschöpfungszustände, also mache ich weiter – bis es hinter mir klingelt.

„Du schon wieder", ruft der Radfahrer.

„Was treibst du denn hier?", wundere ich mich.

Er bleibt neben mir stehen.

„Wann hast du es geschafft, mich zu überholen?", fragt er.

„Ich habe eine Pause eingelegt und nach der Pause habe ich eine neue Route gewählt."

„Interessant. Nun gut, ich muss weiter, es gewittert gleich."

„Bist du an Elisabeth, deiner Mutter, vorbeigekommen?"

„Sie ist nicht meine richtige Mutter. Ist ein Baum geworden. Wer rastet, der rostet."

„Was für ein Baum ist sie denn geworden?"

„Eine Trauerweide natürlich."

„Verstehe."

„Also, bis demnächst."

„Warte, wohin führt der Weg?"

„Ich weiß nicht, ich befahre ihn zum ersten Mal. Vorhin hat mich eine bizarre Kreatur verfolgt, es klingt absurd, doch sie war halb Spinne, halb Wolf. Ich bin dann vom Weg abgekommen und wurde hier durch das *Gras der Irreführung* geleitet."

„Ich habe einen Hund, da bin ich mir sicher", entgegne ich ihm.

„Ich muss weiter."

Der Radfahrer fährt durch das hochgewachsene Gras, als wäre es ihm kein Hindernis, und ich? Ich frage mich, ob Lucky sich bei meiner Heimkehr freuen wird. Wird er auf und ab springen? Mit dem Schwanz wedeln und meine Hände lecken? Kleiner Hund fühlt sich riesengroß.

Ich weiß noch ganz genau, wie ich immer von der Arbeit heimkam und meine beiden Töchter und Lucky an mir hochsprangen.

„Wie heißt du?", rufe ich noch, doch ich bekomme keine Antwort. Der Radfahrer ist fort und ich bin wieder allein. Nur ich, der blaue Himmel, die Sonne, das Gras und der Regen, der vom Himmel fällt. Er nässt mich nicht, doch die Gräser wachsen höher und höher. Sie ragen jetzt vielleicht zehn Meter in die Höhe. Vom Boden sprießen nun rote Trompetenblumen mit spitzen Zähnen. Sie könnten Fleischfresser sein. Ich hole aus und möchte mir den Weg frei säbeln, denn ich möchte nicht gebissen werden. Da ruft mir eine der Blumen zu: „Bitte nicht. Wir sehen nur gefährlich aus. Wir heißen *Blumen der Liebenswerten Sorte* und sind sehr verschmust. Unsere Nahrung ist der Regen und wenn er nicht fällt, verstecken wir uns so lange im Boden, bis es wieder regnet."

„Ich bin ein Abenteurer und ich muss dort lang."

Unter meinen Füßen kreischen gefährlich aussehende Blumen. Ich bin ein Mörder. Um Leben zu können, muss Leben weichen. Ich mache mir Platz. Schritt für Schritt. Die Gräser fallen, die Blumen werden platt gewalzt. Blumen, die nicht unter mir zerquetscht werden, schmusen sich an mich und bedanken sich für meine Güte. Also bin ich auch ein Wohltäter?

Irgendwann erreiche ich das Ende des Feldes. Ich blicke zurück und habe ein Massaker hinterlassen. Ich sehe das türkisfarbene Haus mit den türkisfarbenen Dachziegeln. Es ist nicht weit entfernt, doch es fühlt sich an, als wäre ich sehr lange marschiert.

Die Gräser gehören wohl noch zum Grundstück des Hauses und die Zeit spielt hier genauso verrückt wie im Café.

Hinten erkenne ich nur schemenhaft den alten Menschen, der sich jung gemacht hat. Er bückt sich und ein Mann, der nicht mehr der Jüngste ist, steigt auf seinen Rücken. Ich erinnere mich: Das bin ich vor Stunden oder Tagen gewesen. So hat alles angefangen: Eine reichende Hand und eine andere, die sie angenommen hat.

Was der Mann im türkisfarbenen Overall heute noch machen wird?

Ich drehe mich um und vor mir befindet sich eine Allee mit geschwungenen Bäumen. Sie sind schlank und an jedem Baum hängt ein Holztelefon. Ihr Laubgefieder ist dürftig. Neben mir steht eine alte Bekannte mit einem Stock im Maul. Hier vor der Allee wirkt sie nicht bedrohlich. Jetzt, da ich einen Hund habe, fürchte ich mich nicht weiter vor anderen Hunden – seien sie noch so bizarr.

„Hallo, halb Spinne, halb Hund. Möchtest du mich etwa begleiten?"

Die Kreatur lässt den Stock fallen und bellt zweimal.

7

Die Füße schmerzen nicht. Ich gehe immer weiter. Stunden schon. Heute ist Donnerstag. Wäre es Sonntag, würde mein Bruder vorbeischauen und ich würde nicht spazieren. Ich habe mich für ein Abenteuer entschieden, doch bisher ist nichts geschehen, was der Rede wert wäre. Wäre es Sonntag, ich würde meinem Bruder die Tür öffnen und wir würden uns umarmen und dann würden wir uns aufführen wie Kinder. Wir würden in den Garten gehen, den Fußball aus alten Tagen aus dem Schuppen rauskramen und uns Bälle zuspielen. Er würde nicht allein kommen. Seine Söhne, meine Neffen, sie wären auch dabei und sie, meine Töchter und Hannah würden über alternde Männer lachen, die nichts Besseres zu tun haben, als sich wie Kinder aufzuführen. Ich liebe meinen Bruder, ich liebe mein Leben. Ich hatte alles und alles ist Familie. Weißt du noch, Bruder, wir haben unsere Nächte in einem Kinderzimmer verbracht. Das Erste und Letzte eines jeden Tages, das meine Augen erblickten, warst du. Wir waren wie Pech und Schwefel. Unzertrennlich. Ein vortreffliches Duo mit Schabernack im Sinn. Tag ein, Tag aus. Dann trennte das Leben das Unzertrennliche und tägliche Zeit ist einem einzelnen Tag in der Woche gewichen. So verändert sich alles, doch es ist nicht schlimm, denn einmal in der Woche ist besser als nie wieder, nicht wahr? Heute ist nicht Sonntag, sondern Donnerstag und neben mir läuft mein Freund Spindi – halb Spinne, halb Hundi, und die Allee mit den geschwungenen Bäumen, an denen

Holztelefone angebracht sind, findet kein Ende. Ich blicke bis zum Horizont und hinten erkenne ich flirrende Bäume in den Himmel ragen. Ein Flirren, das mir ein Versprechen abgibt: So schnell entkommst du mir nicht.

„Das Abenteuer ist ein Trauerspiel", sage ich, beuge mich zu Spindi und streichle ihren robusten Körper. Sie zappelt freudig mit ihren acht Beinen.

Ein Telefon klingelt, doch ich erwarte keinen Anruf. Noch eins klingelt und noch eins und plötzlich klingeln – so scheint es – alle Telefone und Spindi bellt mich an.

„Ja, ich gehe ja schon ran."

Ich gehe an einen der Bäume und hebe ab.

„Hallo?"

„Fischers Fritze fischt frische Fische."

Die junge Stimme am anderen Ende lacht und ich lege auf. Einige Sekunden später läuten – so scheint es wieder – alle Telefone. Ich hebe erneut ab.

„Hallo?"

„Warum legst du einfach so auf?"

„Ich habe keine Zeit für Telefonstreiche."

„Sie sind aber witzig."

„Mag sein, aber ich habe keine Zeit."

„Keine Zeit zu haben, ist traurig. Warum hast du keine Zeit?"

„Ich bin auf dem Abenteuerpfad und suche nach dem Abenteuer meines Lebens."

„Bin ich dir nicht Abenteuer genug?"

„Und wenn ich heimkehre, soll ich erzählen, ich habe mich mit einem jungen Menschen unterhalten, der mir einen Streich spielen wollte?"

„Das klingt spannend und was erzählst du noch?"

„Dass wir über Abenteuer gesprochen haben."

„Welches Abenteuer?"

„Na, das Abenteuer meines Lebens."

„Wow, ist das wundervoll."

Ich lege auf und gehe weiter. Spindi folgt mir. Die Telefone klingeln erneut. Ich hebe ab und ehe ich etwas sagen kann, höre ich:

„Ich werde allen meinen Freunden berichten, dass ich einen Telefonstreich begangen und dabei den größten Abenteurer unserer Welt gesprochen habe. Ihre Augen werden funkeln und sie werden vor Neid erblassen."

Ich hänge den Hörer auf, ohne einen weiteren Satz von mir zu geben und dann klingelt es wieder und ich hebe nochmal ab und diesmal rufe ich entnervt:

„Ich habe keine Zeit, mich mit dir zu unterhalten."

„Ich bin es, Thomas, deine Frau, Hannah. Ich wollte nur sagen, dass unser Haus dort stehen wird, wo es heute Morgen noch stand. Es hat vorhin Schmetterlinge geregnet – die Irrsinnigen sind vor ihrem Tod zur Vernunft gekommen, ist das nicht wunderherrlich? Außerdem wollte ich noch sagen, dass ich dich liebe. Hörst du? Ich liebe dich!"

„Schön, deine Stimme zu hören. Du musst nichts mehr sagen. Heute Abend, wenn ich bei dir bin, erzähle ich dir von meinem Tag. Bevor ich auflege: Ich habe eine Baumfrau getroffen. Ihre Tochter ist an Leukämie gestorben, tragische Geschichte, sage ich dir … und die Schmetterlinge habe ich im Übrigen auch bestaunen dürfen."

„Ich liebe dich, Thomas, trink bitte keinen Alkohol, hörst du?"

„Ich liebe dich auch und sorge dich nicht. Ich habe es dir versprochen."

Wir beenden das Telefonat und eine Sprechblase erscheint: Du begehst den Weg der *Allee der Telefonate*.

Ich werde hier aufgehalten. Würde ich das Ende dieses Weges erkennen, würde ich die läutenden Telefone ignorieren und dem Gebrüll dieser lästigen Apparate mit einem Sprint entkommen.

Die Telefone klingeln, Spindi bellt, meine Nerven werden strapaziert. Es dauert also nicht lange, bis ich wieder einen Hörer abhebe. Hannah würden die Gespräche nicht stören. Sie würde sich für jeden einzelnen Anrufer die Zeit nehmen, ihm zuhören und lachen, wenn es etwas zu lachen gäbe. In ihrem Fall bin ich mir sicher, sie hätte schon etwas Lustiges gefunden, sei es noch so absurd.

„Hey, Bruderherz, lange nicht gehört. Ich vermisse dich und ich freue mich auf Sonntag. Es steht beim Fußball nun achtzehn zu dreizehn für mich. Wir werden unser Spiel fortsetzen. Fühlst du dich bereit? Ich wünsche es mir. Nichts bereitet mir größere Freude, als mich mit dir zu messen. Ich hab trainiert, bin noch genauso ehrgeizig wie damals. Die Zeit rennt uns zwar davon und wir werden älter und unsere Beine immer schwerer, doch wir machen es wie immer. Eins gegen eins. Solange wir Kraft haben, werden wir Spaß haben."

Und nochmal abhebe …

„Hey, ich bin es, deine Schwester …“

Meine Schwester kommt immer samstags zu Besuch. Hannah backt uns einen Kuchen und wir sitzen zu dritt auf unserer Terrasse und erzählen uns bei einer Tasse Kaffee Geschichten von früher. Sie und mein Bruder verstehen sich nicht sonderlich gut. Das liegt wohl daran, dass sie gern in der Vergangenheit lebt und er in der Gegenwart. Sie hält ihm seine Fehler von früher vor und er hält ihr vor, ihm seine Fehler noch immer vorzuhalten. An meinem Geburtstag sind sie beide bei mir und irgendwann im Laufe des Tages streiten sie immer. Das stört mich nicht. Sie sind da – meinetwegen. Ein schönes Geschenk. Ich habe mich gefreut, ihre Stimme zu hören.

Und nochmal abhebe …

„Hallo Sohnemann, hier sind deine Eltern …“

Meine Eltern habe ich schon lange nicht mehr gehört. Ich nahm an, sie seien vor langer Zeit gestorben.

Ich höre sie alle. Nach und nach.

Meine Eltern, Geschwister, Onkel und Tanten. Sie klingen glücklich. Hin und wieder erscheint eine Sprechblase: Fischers Fritze fischt, frische Fische … Blaukraut bleibt Blaukraut … Zehn Ziegen zogen zehn Zentner … Müller, Müller müht mühevoll …

Mein Weg, so muss ich sagen, ist ein unterhaltsamer Weg. Die Allee sollte also heißen: *Allee der Freude.*

Irgendwann erreiche ich das Ende des Weges und ich habe viele Telefonate geführt. Selbst Fremde riefen mich an und erzählten mir von ihrem Leben. Gustav zum Beispiel. Er ist ein alter Mann und lebt in Scheidung, aber das störe ihn nicht, denn das Leben sei so viel größer als eine Partnerschaft, und überhaupt sei das Leben so viel größer als der Tod. Er meinte, Erinnerungen, Gedanken und Emotionen könne der Tod doch gar nicht erschaffen und das sei ihm der größte Beweis der Göttlichkeit. Da er Physiker sei, bliebe ihm nichts anderes übrig, als Logik vernunftgemäß zu kombinieren. Daher könne er nichts anderes tun, als die Erschaffung im Leben zu erkennen. Nur so könne sich der Kreis des Logischen und des Übernatürlichen schließen.

Ich entgegnete ihm, dass mich das überhaupt nicht interessiere und legte wieder auf.

Politiker und Politikerinnen, Töchter und Söhne, Mütter und Väter, Geistliche, sie alle riefen mich an. Manche wollten nur etwas Gesellschaft und fragten mich, was mein Lieblingsessen sei. Den meisten erklärte ich, ich hätte keine Zeit, meine Zeit mit ihnen totzuschlagen. Dort draußen warte das größte Abenteuer auf mich, das es zu leben galt.

Nun stehe ich am Ende des Weges der *Allee der Telefonate* und eine weitere Allee fügt sich nahtlos an. Ein Ortsschild ist am rechten Wegesrand angebracht: *Allee der Leuchten*. Die Telefone sind verstummt und oben an den Bäumen der folgenden Allee sind kugelige Lampen angebracht. Von den Lampen führen je zwei Leitungskabel hoch zur Sonne. Ein drittes Leitungskabel führt in die Erde. Hier war ein Elektriker oder eine Elektrikerin am Werk. Meisterarbeit. Die Sonne ist fragmentiert. Ein kantiger Energieversorger. Sie sieht wie ein gelber Diamant aus und in ihr sind ein Bündel Leitungskabel verdrahtet. Von hier kann ich nur zwei kleine schwarze Punkte erkennen. Der eine Punkt ist links angebracht und der andere Punkt rechts.

Irgendwann bemerke ich, wie die Sonne schwächer wird.

Ob es Nacht wird? Ist mein Abenteuer vorbei? Sollte ich nach Hause laufen und Hannah von dieser Reise berichten? Doch was soll ich ihr erzählen? Ich war spazieren. Nicht mehr und nicht weniger.

Auf der rechten Seite sitzt eine kleine Trauerweide auf einer Bank. Hinter der Bank erstreckt sich ein schmaler Streifen goldenes Weizenfeld und gegenüber der Bank ein schmaler Streifen Wüstendünen. An der Trauerweide hängt ein Holztelefon und es klingelt. Ich setze mich und hebe ab.

„Hallo?"

„Schön, dich wiederzusehen. Wie sieht es mit dem Abenteuer deines Lebens aus?"

„Ach, Elisabeth, du bist es. Ich hab dich gar nicht erkannt."

„Du kennst meinen Namen. Wer hat ihn dir genannt?"

„Dein Ehemensch, ich war in seinem Café. Wir haben viel erzählt. Nachdem wir von seinem türkisfarbenen Haus mit den türkisfarbenen Dachziegeln gefressen wurden, zeigte er sich von seiner jungen Seite."

„Das ist typisch für Harald. Er präsentiert sich stets schokoladig. Nach dem Tod unserer Tochter hat er einfach weitergemacht, als wäre nie etwas geschehen. Er ließ mich in meiner Trauer zurück."

Es kitzelt in meinem Ohr. Als ich den Telefonhörer von meinem Ohr entferne, um nachzuschauen, was mich da so kitzelt, wächst ein Ast aus ihm.

„Du scheinst verärgert zu sein", rufe ich in die Sprechmuschel und versuche, nicht vom Ast durchbohrt zu werden, doch ich kann keine Antwort empfangen. Ich blicke zur Wüste. Spindi steht neben mir. Sie ist eine treue Begleiterin und reibt sich an meinem Bein.

„Wollen wir weiter?", frage ich sie und sie bellt zweimal. Elisabeth ist eine hübsche Trauerweide geworden. Der Ast, der aus dem Hörer gewachsen ist, hat sich zurückgebildet. Ich hänge den Hörer auf und setze meinen Weg fort.

„Vielleicht begegnen wir uns heute ein weiteres Mal", sage ich und lächle.

8

Die Füße schmerzen nicht. Ich gehe immer weiter. Stunden schon. Das weiße Haus mit den weißen Dachziegeln – es muss es geben. Ich habe mit Hannah telefoniert und sie hat gesagt, es würde später dort stehen, wo es heute Morgen gestanden hat. Wie hat ihr Tag bis jetzt ausgesehen? Kaffee, noch bevor die Mädchen wach geworden waren, so viel steht fest. Mit dem Kaffee in der Hand durchs Haus schlendern und lächeln, weil sie morgens immer mit einer Tasse Kaffee durchs Haus schlendert und dabei lächelt. Einmal habe ich sie gefragt, warum sie immerzu lächeln würde. Sie sagte, sie könne nicht anders. Schließlich sei alles auf einem Fundament des Glücks erbaut worden. Unser Kennenlernen im Kindesalter, unsere Jugend, ihre überstandene Krankheit und nun das Haus. Das größte Glück sei nicht etwa gewesen, die Krankheit überstanden zu haben, sondern das *Wir* in einem Leben, das ohne mich nicht schöner sein könne. Nicht einen Tag hätten wir aneinander gezweifelt und standen uns stets zur Seite – Tag um Tag, Hand in Hand. Und deshalb könne sie sich niemals einen größeren Reichtum vorstellen als ein Leben mit mir in diesem weißen Haus mit den weißen Dachziegeln und mit unseren Töchtern und unseren Tieren.

Während des Schlenderns würden alle wach geworden sein. Sie würden am Küchentisch gesessen und gefrühstückt haben. Der Hund und die Katzen würden Futter bekommen haben und hinterher um die Füße der Mädchen geschlichen sein. Meine Katzen, es sind Kater, heißen Towi und Tobi und ihr Fell ist schwarz und weiß. Der eine Kater hat einen weißen Kinnbart und der andere Kater einen schwarzen Schnurrbart.

Meine jüngere Tochter, Julia, wird Geschichten erzählt haben und die ältere, Barbara, wird sie ständig korrigiert haben, *das gibt es doch gar nicht, das geht gar nicht,* und Hannah wird mit der mittlerweile zweiten Tasse Kaffee in den Händen geduldig und geschickt zwischen ihnen verhandelt haben.

Hinter mir klingelt es. Ich drehe mich um und es ist erneut der Radfahrer.

„Moin, du bist ja schon wieder vor mir", sagt er und hält neben mir an. Die Haut seiner Beine reißt langsam unter der Anstrengung des Radfahrens. Überdehnte Haut wirkt wie ein faseriger und löchriger Lappen.

„Bist du Elisabeth nochmal begegnet?", frage ich.

„Ja. Sie wächst und wächst. Eine wunderschöne Trauerweide ist sie geworden."

Er blickt zu meiner treuen Begleiterin und erschreckt sich. Seine Gesichtsfarbe ändert sich. Wo vorher noch eine gesunde Röte gewesen ist, ist nun ein fahles Grau. Man könnte meinen, das Leben hätte ihn beim Anblick meiner neuen Freundin verlassen. Er zittert.

„Du … Du hast die bizarre Kreatur bei dir?"

„Das ist Spindi, sie ist lieb. Was treibt Elisabeth hier in der Allee?"

Der Radfahrer kann seinen Blick nicht von Spindi lösen. Er ist wie hypnotisiert, gefangen in seiner Angst. Vielleicht traut er mir nicht über den Weg, hält mich für einen Schurken und glaubt irgendwo in den hintersten Ecken seines Verstandes, ich würde ihn in einer Sekunde der Unachtsamkeit zum Fraß vorwerfen wollen.

„Vielleicht wollte sie eine neue Aussicht bestaunen", spricht er zügig.

„Sie hat ihr Panorama allerdings mitgeschleppt."

„Vielleicht konnte sie sich das nicht aussuchen."

„Und der Weg war umsonst?"

„So könnte es gewesen sein."

„Wie heißt du? Ich kenne nun Elisabeth und Harald. Harald müsste dann dein Vater sein? Dein Name ist mir noch nicht bekannt."

„Ralf, ich heiße Ralf. Bin der Sohn meines Vaters Harald und Elisabeth ist meine Stiefmutter. Meine Halbschwester ist gestorben. Tragisch, sage ich dir, es ist tragisch. Ich habe sie sehr geliebt. Das Leben geht weiter. Elisabeth ist nun ein Baum und mein Vater ist durcheinander, und ich? Ich trete in die Pedale. Es geht weiter, immer weiter. Nun gut, das ist meine Geschichte. Nicht so wichtig, wenn du mich fragst. Meine Schwester war toll. Ein Engel war sie und wunderschön. Ach ja, und eine Gewinnerin war sie auch. Oh, wie packte mich der Ehrgeiz, sie nur einmal vom Spielthron zu stoßen. Jetzt ist sie tot und ich kann nie wieder mit ihr spielen. Genug hiervon. Heute ist ein schöner Tag. Ich fühle mich so ausdauernd wie nie und möchte meinen Rundenrekord brechen. Treten, treten, treten. So ist es auch im Leben, nicht wahr?"

„Und wenn es kein Morgen gibt? Möchtest du dein Leben lang Radfahren?"

„Es wäre mir der schönste Tag."

„Regnet es gleich?"

„Mir ist nichts Ungewöhnliches aufgefallen. Also, bis zum nächsten Mal." Er radelt los. Er ist schneller als vor Stunden noch. Training macht sich eben bezahlt. Oder ist es die Furcht vor Spindi, die ihn zu Höchstleistungen treibt?

„Ich heiße Thomas", rufe ich noch, aber ich glaube, er hört mich nicht mehr.

Spindi folgt mir, ohne zu essen und ohne zu trinken. Es ist schön, den Weg nicht allein bestreiten zu müssen. Ich blicke hoch und stelle fest, dass die Sonne tatsächlich an Kraft verliert. Mit jedem Schritt wird es dunkler. Mit jedem Schritt allerdings leuchten die Kugellampen heller. Die Sonne, die Lampen und meine Schritte sind im Gleichgewicht. Oder neigt sich der Tag einfach dem Ende? Ich drehe mich um und laufe ein paar Schritte in Richtung der *Allee der Telefonate* und die Sonne leuchtet heller, während die Lampen schwächer werden. Ich laufe wieder in die andere Richtung und die Sonne wird schwächer, während die Lampen stärker leuchten.

„Gleichgewicht", sage ich zu Spindi, „Die Sonne, die Lampen und unsere Schritte liegen im Gleichgewicht. Wir sind die Lorentzkraft. Der Arbeiter oder die Arbeterin hat meisterhafte Arbeit geleistet."

Spindi bellt zweimal.

Irgendwann wird die fragmentierte Sonne zum fragmentierten Mond und die Kugellampen an den Bäumen leuchten so stark, wie sie es im Gleichgewicht nur können. Die Bäume wirken wie geschwungene Straßenlaternen. Ein romantischer Weg, den ich da begehe, und ich bemerke links und rechts hohe Rosensträucher. Man kann nicht über sie hinwegsehen, so hoch sind sie.

Am Tage haben sie noch nicht gestanden und es wachsen an ihnen die schönsten Rosen, die ich je bestaunen durfte: rote, weiße, rosafarbene, lilafarbene. Sie erblühen, wenn ich an ihnen vorbeilaufe, und sie zeigen sich mir von ihrer schönsten Seite. Wäre Hannah hier, ich wäre mit ihr Arm in Arm vorbeispaziert, die Kinder wären vor uns hergelaufen und hätten Rosen gepflückt und sie sich in die Haare gesteckt. Es wäre ein schöner Familienausflug geworden, wären sie nur hier. Barbara hätte sich mit ihren großen blauen Augen zu mir umgedreht, den Mund weit aufgerissen und so etwas gesagt wie: *Das ist eine Zauberallee, Papa.*

Hannah und ich hätten ihr zugestimmt. Julia würde mit zwei oder drei Rosen im Haar einen Radschlag üben und uns stets fragen, ob sie nun endlich den perfekten Radschlag geschafft hätte. Während sie uns fragen würde, würde sie die von den Haaren herabgefallenen Rosen aufsammeln und sich wieder anstecken. Hannah hätte sich zu mir gedreht, mich zu sich gezogen und so etwas geflüstert wie: *Ich möchte mit dir alt werden.*

Und ich hätte ihr zugeflüstert: *Hier kann man nicht alt werden, wir sind unendlich – herrlich.*

Sterne leuchten. Die Wolken haben am heutigen Tage keine Lust, sich zu bilden. Ich frage mich, ob diese Nacht das Ende des Tages bedeutet, doch laufe ich zurück, so ist es wieder Tag und es wird diese Nacht nie gegeben haben. Irgendwann erreiche ich das Zentrum der Nacht und die Sterne funkeln in den verschiedensten Farben. Sie sind so farbenprächtig wie die Wegesrosen und Spindi legt sich auf den Rücken, vielleicht, um dieses Leuchtschauspiel zu verinnerlichen – ich sehe etwas, das möchte ich abspeichern und nie wieder vergessen. Ich lege mich zu ihr und sie kuschelt sich an mich. Und wie wir da so liegen, bemerke ich, Spindi, diese bizarre Kreatur, ist eine Sie und ich bemerke, oder besser gesagt, ich höre, ein Schnurren. Spindi sollte einen neuen Namen bekommen, denn sie ist zu je einem Drittel Hund, Katze und Spinne.

„Was hältst du von einem neuen Namen?"

Sie bellt schnurrend zweimal.

„Wie wäre es mit Spitze? Nein, da fehlt der Hund. Sputze? Nein, zu wenig Hund. Ich weiß, ich gebe dir einen richtigen Namen. Ich nenne dich Angelidron. Was hältst du von diesem Namen?"

Spindi bellt zweimal und heißt nun Angelidron.

Wir liegen da und ich zähle zuerst alle blau funkelnden Sterne, dann die grün funkelnden und so weiter. Ich komme auf insgesamt 10586 Sterne, bis ich mich verzähle.

„Komm, Angelidron, lass uns weitergehen."

Doch Angelidron bewegt sich nicht mehr. Sie ist gestorben. Ich hebe sie unter größter Anstrengung hoch und lege sie zu den Rosen an den Rand. Ich bin wieder allein. Jetzt, wo ich mich doch an ihre Begleitung gewöhnt habe. Angelidron ist einen schönen Tod gestorben, deshalb gibt es für mich keinen Grund, zu trauern. Sie ist unter einem bunten Sternenhimmel von uns gegangen. Ein schönes Gemälde.

Hinten sehe ich wieder Elisabeth sitzen. Obwohl sie ein Baum geworden ist, ist sie reisefreundlich. Ein schmaler Streifen Weizenfeld hinter ihr und ein schmaler Streifen Wüstendünen vor ihr. In diesen beiden schmalen Streifen scheint die Sonne. Ihr Holztelefon klingelt und ich hebe ab.

„Hallo, Elisabeth."

„Es war nicht einfach, dich einzuholen. Hättest du die Sterne nicht gezählt, wären wir uns vermutlich nicht wieder begegnet."

„Möchtest du mir etwas sagen?"

„Wenn du Harald wieder triffst, sag ihm, es tut mir leid. Sag ihm, dass ich ihn liebe."

Ich zögere etwas, dann antworte ich: „Ich bin nicht hier, um Welten zu retten. Rette deine Welt selbst!"

Ich lege auf und laufe an ihr vorbei. Ich höre es knarren und knacken und als ich mich umdrehe, um zu sehen, was da passiert, steht da nur noch die Bank und das Panorama.

„Da werden sich die künftigen Spaziergänger freuen", flüstere ich.

Mitten in der nächtlichen Allee ein schmaler Streifen leuchtendes Panorama und eine Sitzbank zum Rasten. Elisabeth, du wirst nicht nur deine Welt gerettet haben, sondern auch einen Funken Glück hinterlassen haben.

9

Die Füße schmerzen nicht. Ich gehe immer weiter. Es fühlt sich an, als wäre ich schon einige Tage unterwegs, so lang kommt es mir vor. Der Mond weicht, die Sonne begrüßt mich und das Leuchten der Lampen wird schwächer. Wenn ich zurück zu Hause bin und nachdem ich alle begrüßt habe, werde ich Hannah in meine Arme schließen und davon berichten, dass ich den gesamten Tag nicht an Alkohol gedacht habe. Zumindest nicht daran, wieder zu trinken. Ich werde es auch meinem Bruder und meiner Schwester erzählen. Auch meinen Eltern, von denen ich nicht wusste, dass sie noch leben würden. Dabei glaube ich, mich erinnern zu können, auf zwei Beerdigungen gewesen zu sein. Zuerst auf der meiner Mutter und dann auf der meines Vaters. Ich glaube auch, mich erinnern zu können, dass wir alle geweint haben, meine Geschwister, Tanten und Onkels, Hannah und alle anderen, die auf der Beerdigung anwesend waren: alte Freunde und Bekannte meiner Eltern.

Das Trinken hat nach der Beerdigung meiner Mutter begonnen. Am ersten Donnerstag eines jeden Monats. Ein Teufelszeug. Ich habe Hannah und den Kindern fürchterlich geschadet. Einmal rief Hannah einen Krankenwagen und die Kinder haben schrecklich geschrien und geweint. Anscheinend spielt mir mein Verstand einen Streich, denn mein Vater sagte noch vorhin, dass er mich lieben würde und Tote können eines ganz sicher nicht – ihrem Kind sagen, wie sehr sie es lieben würden. Wieso also trinke ich tatsächlich?

Ich sehe das Ende der Allee und weiter hinten einen Baum mit vier Baumstämmen, geschwungen wie Ornamente. Baumstämme wie dicke Pinselstriche und an jedem Stamm hängen vier Äste und an jedem Ast hängen vier Türen und an jeder Tür steht eine Leiter. Die Türen sind rund geschwungen und wirken wie Pfirsiche. Sie sind also Früchte, von denen es zu kosten gilt?

Ich habe meine Eltern geliebt, ich liebe meine Familie – meine Kinder, meine Frau, meine Geschwister und meine Haustiere. Der Sonntag gehörte früher nicht nur meinem Bruder und mir. Als meine Eltern noch lebten, trafen wir uns wöchentlich bei ihnen und aßen und erzählten und verbrachten die schönste Zeit miteinander. Kinder, die umherliefen, Geschwister, die sich unterhielten, Eltern, die lachten. Mein Bruder und meine Schwester stritten, Hannah verhandelte zwischen ihnen und alles war wieder gut. Es war durch und durch idyllisch und nun sind wir geteilt. Die Sonntage gehören meinem Bruder und die Samstage meiner Schwester. Ein Glück gehört jeder Tag meiner Hannah.

Der letzte Baum ist erreicht, die Lampen sind verglüht und vor mir erstreckt sich eine malerische Heide mit weidenden Heidschnucken. Ein lilafarbenes Tal und Lampen – da fällt mir ein Zungenbrecher aus der Kindheit ein: Ilias' lila Leuchten leuchten Lisa zu lila, zu lila leuchten Lisa Ilias' lila Leuchten.

Am letzten Baum liegt eine Bergsteigermontur. Ich lasse sie liegen und gehe ins Tal zu den Pfirsichen, die Türen sind. Es sieht danach aus, als gehe es bergab, doch der Weg wird immer steiler bergauf. So steil, dass ich nun klettere und wenn ich falle, so werde ich tief fallen und mein Leben lassen. Ich bin zu jung zum Sterben, also steige ich wieder hinab, gehe zurück, kralle mir die Bergsteigermontur und mache mich nochmals auf, den Ornamentbaum zu erreichen. Ich bin einer optischen Täuschung erlegen, einer Himmelskrümmung. Hier hat sich jemand einen Spaß erlaubt. Daher muss ich sagen, es ist eine optische Frechheit und der Konstrukteur sollte sich schämen, Wandernde hinters Licht zu führen. Doch eins muss ich gestehen, es ist eine raffinierte Konstruktion. Das Auge wird in die Irre geleitet. Statt hinabzusteigen, soll ich aufsteigen und wenn ich genau hinschaue, so erkenne ich, dass der Ornamentbaum der Sonne näher ist, somit bleibt mir nichts anderes übrig, als aufzusteigen. Die Sonne ist nicht weiter fragmentiert, sondern eine gelbe Wachsmalzeichnung. So, als hätte ein Kind einen gelben Wachsmalstift gegriffen, einen Kreis gemalt und ihn ausgefüllt. Die meisterhafte Elektrikarbeit ist demontiert. Das Bündel Kabel bis zur Sonne hängt nicht weiter in der Luft. Ich drehe mich um und die Allee ist einer Mauer von goldenen Weizenhalmen gewichen. Da ist kein Trampelpfad mehr und ich frage mich, ob dieser Baum von Anfang an das Ziel meines Abenteuers war. Ob Ralf hier entlang gekommen ist? Ich steige die steile Wand hinauf, die nicht steil ausschaut, und gelange irgendwann in dieses Tal mit den Heidschnucken und der blühenden Heide. Hinten am Baum unter den Türen rastet ein Hirte. Vielleicht ist er jedoch ein Wächter der Türen und ich benenne das Tal: *Tal der Vierundsechzig Möglichkeiten.*

Als ich ankomme, blicke ich in ein junges Gesicht.

„Wie heißt du?", frage ich und der Mensch antwortet lakonisch: „Thea."

„Bist du ein Mädchen oder ein Junge?"

„Ich bin, was ich bin."

„Was treibst du hier?"

„Sitzen."

„Du hast dich entschieden, jung zu bleiben", stelle ich fest.

„Was wird das hier? Ein Interview? Was willst du?"

„Ich bin auf der Suche nach dem größten Abenteuer meines Lebens."

„Bist nicht mehr der Jüngste."

„Das höre ich heute öfter. Ich heiße übrigens Thomas."

Die Türen duften nach Pfefferminze und Thymian.

„Und du hast dir gedacht: Werfe ich doch einen Blick durch die Türen."

Der Mensch ist größer und stämmiger als ich, doch das Gesicht dürfte nicht älter als das eines sechsjährigen Menschen sein.

„Ist ein Blick durch die Türen denn abenteuerlich?", frage ich.

„Weiß nicht."

„Bist du ein Riese?"

Es knackt und knistert über mir. Das könnte Elisabeth sein. Ich blicke hoch, doch da ist nichts. Nur Pfirsich-Türen, die nach Kräutern duften.

„Nein, ich bin kein Riese. Heute Morgen kamen Handwerker in mein altes pinkes Haus mit den alten pinken Dachziegeln und den alten blauen Fensterläden. Unter mei-

82

nem Keller hörte ich es immer mal wieder rascheln und poltern und ich wollte der Sache auf den Grund gehen. Ich gehe allen Dingen auf den Grund. Ich sagte den Handwerkern also, sie sollen mir ein Loch ausheben und das taten sie auch. Das Loch solle groß werden, sagte ich, eins, in das mein Arm hindurchpassen könne. Eins, in das ich hineinleuchten und mühelos blicken könne, wenn ich es wieder rascheln und poltern hören sollte und mindestens zwei Meter tief solle es sein. Ich sage dir, willst du den Dingen auf den Grund gehen, musst du sehr tief bohren.

Finde Handwerker, die für so etwas zu haben sind. Meine Suche war mühevoll, doch heute Morgen hatte ich zwei da. Einen Mann und eine Frau. Sie bohrten und stemmten. Am Ende wurde es ein großes Loch, doch irgendwie reichte mir das nicht. Ich erklärte, ich würde eins wollen, durch das ich hindurch passen könne. Man wisse nie, vielleicht müsse ich reinspringen und mich zur Ursache durchwühlen. *Sicher ist sicher*, habe ich gesagt, vielleicht würde ich selbst noch schaufeln müssen, um dem Poltern nachzugehen. Wenn dieser Fall eintreten würde, würde dieses Loch nicht ausreichen. Also stemmten sie mir ein Loch mit einem Durchmesser von drei Metern auf. Ich war zufrieden und was glaubst du, haben wir gefunden?"

„Ratten?"

„Nein. Wir haben nichts gefunden und dann sind sie gefahren. Sie haben ihren Job erledigt. Eine Stunde später hörte ich es aber wieder rascheln und poltern. Ich lief in den Keller und das Poltern war eindeutig unter der Erde. Ich rannte die Treppe hoch, raus in den Garten, riss die Tür des

Gartenhäuschens auf, griff nach dem Spaten und der Schaufel, lief zurück in den Keller und schaufelte und schaufelte und irgendwann stand ich auf Beton. Mein Auge lernt schnell. Ich kletterte hoch, kaufte Werkzeuge und wurde ein Handwerker – selbst ist der Mensch. Ich bohrte, stemmte und fiel durch das Loch."

„Und was war dann?", frage ich. Der Riese hat ein Abenteuer erlebt.

„Ich lag auf einem Boden in einem Heizungsraum und das Rascheln und Poltern kam aus dem Heizkessel. Unter meinem Haus ist noch ein Haus. Ich bin zum Heizkessel rüber und habe den Fehler quittiert. Ich kenne mich aus. Wenn etwas kaputt ist, analysiere ich das Problem und kann es in den meisten Fällen reparieren. Das war schon immer so.

Ich hab gerufen: *Hallo*! *Hallo*, hab ich gerufen, hab eine Tür geöffnet, den Heizungsraum verlassen und war in einem Keller, der wie meiner aussieht. Bin die Treppe hochgelaufen und war in einem Flur, der wie meiner aussieht. *Hallo*, habe ich nochmal gerufen, doch es hat mir niemand geantwortet. Vorne war die Haustür und ich wollte sehen, wo ich bin. Also ging ich hinaus und ich stand vor einem goldenen Weizenfeld. Ich hab mir das Haus angesehen und es hat wie meins ausgesehen – ein altes pinkes Haus mit alten pinken Dachziegeln und alten blauen Fensterläden und vorne auf dem Trampelpfad war ein Pfahl mit einem Pfeil angebracht. Er zeigte nach links und darauf stand: Wächter."

„Und der rechte Pfeil?"

„Da war kein rechter Pfeil. Rechts war nichts. Eine Betonmauer, so hoch wie die Sonne am Himmel. Für mich war nur ein Weg bestimmt und auf diesem Weg sind Sprechblasen aufgepoppt. Sie haben mir meine Aufgabe erklärt."

„Und wie lautet sie?"

„Das geht nur mich etwas an. Wenn der heutige Tag vergangen sein wird, darf ich mir eine Leiter greifen und durch das Loch in mein Haus steigen. Morgen wird sich der Nächste dieser Aufgabe stellen und ich werde aussehen, wie ich immer ausgesehen habe. Zierlich, klein und nicht mehr der Jüngste."

„Ich fürchte fast, der Tag hält ein Leben lang."

„Wie auch immer."

Es knackt noch lauter und nun blickt auch Thea hoch. Aus der einen roten Tür wachsen Arme und Beine, sie schüttelt sich und die Leiter fällt um.

„Die Tür wird lebendig. Geschieht das häufiger?"

„Nein, da möchte dir jemand etwas zeigen."

„Mir?"

„Ich bin nur der Wächter. Die Türen haben kein Interesse an mir."

„Sie öffnet und schließt sich, guck, sie bekommt Zähne, sind spitz, vermutlich sehr scharf. Die Tür ist nun keine Tür, sondern ein Maul. Siehst du es? Werde ich etwa zerfleischt?"

„Ich bin nur der Wächter. Vielleicht solltest du die Beine in die Hand nehmen und laufen."

Ich laufe. Die Bergsteigermontur sitzt eng und fest. Ich höre ein kurzes Rumpeln und ich blicke zurück. Die rote Tür steht vor dem Wächter. Sie unterhalten sich und dann läuft die Tür los. Wir haben etwa das gleiche Tempo. Der Wächter winkt mir zu und ich winke zurück. Wenn ich das Tal hinabsteigen würde und die Tür sich fallen ließe, so würde sie mich einholen. Ich schnalle meine Bergsteigermontur ab, um Ballast abzuwerfen und laufe an den Heidschnucken vorbei. Das eine sagt zu den anderen: „Der hat es aber eilig."

Ich bin am Rand und überlege kurz: *Runter klettern, mich einholen lassen und zerfleischt werden oder springen und vielleicht überleben? Wahrscheinlich, unwahrscheinlich …* Ich springe und ich falle hoch, das ein Runter ist, doch als ich den Boden erwarte, gleite ich langsam wie eine Feder hinab, ganz schwerelos, als würde ich in den Schlaf gewogen werden. Als könnte ich in der Luft schwimmen und ich rudere so lange mit den Armen, bis ich behutsam auf den Boden abgelegt werde.

Vor mir ist nun wieder die *Allee der Lampen* und die Sonne ist wieder fragmentiert und wieder ist meisterhafte Elektrikarbeit zu bestaunen. Ich laufe und laufe und hinter mir die Tür mit fletschenden Zähnen. Ich wurde heute schon mal gefressen. Es ist nichts weiter passiert. Ob ich überreagiere?

Die Lampen werden heller, der Mond ist fragmentiert. Ich versuche, mich abzulenken und hechle: „Ilias' lila Leuchten leuchten Lisa zu lila, zu lila leuchten Lisa Ilias' lila Leuchten."

Vorne ist ein schmaler heller Streifen mit einer Bank und ich renne daran vorbei. Die Lampen leuchten nicht mehr, die Sonne ist fragmentiert. Ich bin schnell. Ein Tagesmarsch vergeht in Sekunden. In der *Allee der Telefonate* klingeln die Telefone ohrenbetäubend, doch ich laufe an ihnen vorbei, dabei hätte ich gerne nochmal meine Eltern gesprochen. Ich hätte sie gefragt, was sie nun seien – lebendig oder tot? Da fällt mir ein Zungenbrecher ein: Klingelnde Klingeln klingen klangvoll, klangvoll klingen klingelnde Klingeln.

„Zur Hölle mit den Zungenbrechern", schnaufe ich.

Nun stehe ich vor dem hohen Gras. Die Kampfjets scheinen sich noch immer zu bekriegen. Es regnet Schmetterlinge. Die Trompetenblumen verstecken sich in der Erde. Einfach geradeaus. Vielleicht komme ich im Café an und … doch … natürlich … Ich könnte mich hier im Gras verstecken und die Tür wird an mir vorbeilaufen. Genial. *Die Mutter eines Feiglings weint nicht.* Ich tue es. Verstecke mich. Lege mich auf den Boden. Kauere mich zusammen. Gleich ist es soweit. Freiheit. *Lauf vorbei, du lästige Tür.* Ich höre Schritte. Raschelndes Gras.

10

Ich liege auf dem Boden im Schutz der Gräser. Die Tür ist schon längst an mir vorbeigelaufen. Vielleicht vor Tagen, doch die Sonne brennt noch immer, ohne untergegangen zu sein. Sie ist eine gelbe Collage, ein fragmentierter Diamant, eine gelbe Wachsmalzeichnung. Da sie noch brennt, können nicht Tage vergangen sein, sondern nur Minuten oder Stunden. Über mir kreisen Geier. Werde ich sterben? Fliegen sie deshalb über mir? Weil ich dem Tode näher bin, als ich glaube? Ich liege nur da. Zusammengekauert. Die Gräser bewegen sich. Ohne Beine bewegen sie sich und ohne Rollen. Da dies ohne Beine und ohne Rollen nicht möglich sein kann, muss sich also der Boden bewegen. Ganz leise höre ich unter mir: „Eins-zwei, eins-zwei, eins-zwei …"

Ich schaue nach und erkenne Ameisen, die mich fortschleppen.

„Wartet, wo bringt ihr mich hin?"

„Du störst", brüllen sie im Einklang.

„Ich verstecke mich."

„Entweder du läufst hier durch oder wir tragen dich hier raus", brüllen sie.

„Ich kann nicht durchlaufen. Ich werde verfolgt."

„Das ist doch schon Jahre her. Schau dich an, du bist alt und grau", brüllt die Vorderste.

Sie haben recht. Die Haut meiner Hände ist dünn und faltig. Ich reiße mir ein paar Haare vom Kopf aus und sie sind weiß. Ich befühle mein Gesicht und es ist ledrig.

„Wann ist es geschehen? Die Sonne ist nicht untergegangen. Es ist derselbe Tag wie heute Morgen noch, als ich mein weißes Haus mit den weißen Dachziegeln und den blauen Fensterläden verlassen habe. Das heißt, meine Töchter sind erwachsene Frauen, vielleicht Mütter und ich habe Enkelkinder. Lucky und die Katzen müssen schon lange gestorben sein. Hannah ist alt und grau oder vielleicht schon tot. Ich war nur kurz spazieren, aber mein Leben hat sich verändert. Es neigt sich dem Ende. Das Abenteuer hat mir meine Zeit mit meiner Familie gekostet. Wo ist der Maschinenraum? Gibt es einen Maschinenraum? Wenn es einen gibt, muss ich die Uhr zurückdrehen. Das Abenteuer soll ungeschehen bleiben."

Die Ameisen antworten nicht und ich liege nicht mehr im Gras. Ich liege vor den geschwungenen Bäumen der *Allee der Telefonate*. Ich klettere auf einen Baum und blicke über das Gras und die Gräser schwingen mit einem Wind, den ich nicht fühle, weil er nicht da ist. Sie sind Tänzer. Oder sie winken mir zu. Ich bin mir nicht sicher, also winke ich zurück. Hinten am Haus erkenne ich den jungen Menschen mit dem türkisfarbenen Overall und auf seinem Rücken klettert ein anderer junger Mann und liest, was auf dem Pfeil geschrieben steht. Vom Himmel fallen zwei Gestalten und das Haus verspeist sie, und da ist auch die rote Tür und sie unterhält sich mit einem anderen Menschen in einem türkisfarbenen Overall, von dem ich nicht sagen kann, ob er jung oder jünger ist. Es herrscht das blanke Chaos. Der auf dem Rücken des jungen Menschen, das bin ich, und der, der vom Himmel fällt, das bin auch ich. Die Zeit spielt hier verrückter als sonst wo und ohnehin schon und mit ihr meine Wahrnehmung. Was jetzt jung ist, war es einst nicht und was alt war, erscheint mir nun anders. Die Tür verschwindet nach drinnen und sie fällt vom Himmel und das Haus verspeist zuerst die einen und dann die anderen und so weiter. Sie flirren. Unscharfe Gestalten zeigen mir die Vergangenheit. Ich laufe wieder in das hohe Gras und zertrample umherlaufende Ameisen.

„Es tut mir leid", rufe ich und sie antworten im Einklang: „Lauf, solange die Sonne am Himmel steht."

Obwohl ich alt bin, fühle ich mich so kräftig wie heute Morgen. Anstrengung kenne ich nicht. Ich komme am Café an und da sind sie alle. Alle Versionen von mir und alle Versionen des Overall-Menschen, der manchmal sehr jung, aber niemals alt ist, und auch die rote Tür. Sie sieht weniger gefährlich aus als vorhin. Ich spreche den Overall-Menschen an, der von allen nicht flirrt.

„Was ist hier los?", frage ich.

„Der Tag neigt sich dem Ende. Du bist alt geworden."

„Alle sind gestorben, natürlich bin ich alt geworden."

„Wer ist gestorben?"

„Meine Eltern, meine Geschwister, meine Familie. Alle sind sie tot. Hannah konnte ich nicht mehr sagen, wie sehr ich sie lieben würde. Meine Töchter, sie leben zwar noch und ich habe Enkelkinder, doch sie wollen mich nicht mehr sehen, weil ich ein Trinker bin. Ich bin allein und weil ich allein bin, trinke ich. Ich bin einsam, Harald. Einsam, verstehst du?"

„Ich kann das nachempfinden."

„Nachher, wenn ich in meinem weißen Haus mit den weißen Dachziegeln bin, werde ich Hannah fragen, wie es nur so weit kommen konnte. Sie wird es mir erklären. Sie hat rotes Haar und Sommersprossen im Gesicht und wenn sie lächelt, schmelze ich dahin."

„Tote können sprechen?"

„Vorhin haben sie mich alle angerufen. Mein Vater sagte, dass er mich lieben würde. Es war unglaublich schön. Und Hannah hat mich angerufen und wenn ich wieder zuhause bin und alle sehe, werde ich ihnen erzählen – von den Wäldern und den Alleen und dem *Tal der Vierundsechzig Möglichkeiten*, von Ralf, deinem Sohn, dem Radfahrer, und Elisabeth, der Baumfrau, und den Flamenco tanzenden Krabben mit dem Himmelfahrtskommando in den Fleischwolf. Ich werde ihnen alles erzählen."

„Wem?"

„Meiner Frau."

„Ist sie nicht tot?"

„Sie ist gestorben. Vor langer Zeit. Ich glaube, mich erinnern zu können."

Ich bin im *Gras der Irreführung*.

„Doch vielleicht ist alles anders und mein Verstand spielt mir einen Streich."

„Du solltest nach Hause laufen, mein Junge. Lass dich in die Arme deiner verstorbenen Frau fallen. Wie gerne würde ich meine verstorbene Tochter in meine Arme schließen …"

„Für welchen Weg hat sich die rote Tür entschieden?", frage ich.

„Nachdem wir einige Zeit verbracht haben, ich glaube, es waren Jahre, ist sie rechts lang gelaufen."

„Danke."

Ich gehe durch das Café und es ist so, als würde ich morgen hindurchgelaufen sein und draußen erstreckt sich das goldene Weizenfeld und ich laufe auch rechts entlang, immer weiter, denn das ist der Weg zu meinem Zuhause. Links von mir ist nun das Weizenfeld und rechts ist nichts. Und da es nicht nichts geben kann, ist da was, das ich nicht kenne. Ich lasse mich nicht ablenken und laufe und treffe irgendwann auf Ralf. Er sitzt auf dem Boden und seine Beine sind geplatzt. Die Muskelfasern gerissen.

„Die Luft ist raus", sage ich.

„Der Tag neigt sich dem Ende", sagt er mit schmerzverzerrtem Gesicht.

„Hast du eine Tür laufen sehen?"

„Nein. Aber dort vorn ist Elisabeth. Sie ist noch wunderschöner und so viel größer als heute Morgen. Du bist alt geworden."

„Ich bin müde. Sehr sogar. Der Tag ist zu lang für mich. Ich werde zu meiner Frau, meinen Kindern und meinen Haustieren laufen und werde ihnen die absonderlichste Geschichte erzählen, die sie je gehört haben werden."

„Wie lautet sie?"

„Ich werde ihnen von dem Tag erzählen, an dem ich sie glaube, tot erlebt zu haben. Das ist irrsinnig und es gibt nichts Irrsinnigeres auf der Welt, als zu glauben, dass alles um einen herum nicht real ist. Du, der Wind, der dir um die Ohren weht, deine Freunde, dein Leben, einfach alles. Verstehst du? Stell dir mal vor, nur kurz, für eine Sekunde: Das ist nicht die Realität. Nichts von dem, was du erlebst. So glaubte ich, nur ganz kurz, sie seien alle tot. Drüben im Gras, das irreführt, habe ich kurz gedacht, sie seien alle, bis auf meine Kinder, die mich nicht mehr sehen wollten, gestorben. Wenn alles verschwindet, was dich erfüllt und ausfüllt, was bleibt dir noch? Versetze dich in die Lage eines Wahnsinnigen, der seinen Wahnsinn erkennt. Wie fühlt es sich für dich an, wenn du erfährst, dass du keine Beine mehr hast und das Radfahren in Wirklichkeit nichts weiter als Flucht vor der Realität ist?"

„Wenn ich so darüber nachdenke, fühlt es sich wie der Tod selbst an."

„Du sagst es, Ralf, ich bin gestorben. Doch es war das *Gras der Irreführung*, verstehst du? Ich wurde getäuscht. Mein Verstand hat mich kurz täuschen können. Ich renne jetzt nach Hause und werde meine Hannah begrüßen. Wir werden uns küssen und lieben. Meine Kinder werden mir in die Arme laufen und ich werde sie fest drücken. Übermorgen ist Samstag, da kommt mich meine Schwester besuchen. Tags darauf ist Sonntag und ich werde mit meinem Bruder Fußball spielen. Ich bin glücklich. Glücklich, endlich verstanden zu haben, worauf es ankommt."

„Worauf kommt es denn an?"

„Entscheidet das nicht jeder für sich selbst? Für mich ist es Hannah und die beiden Mädchen und meine Haustiere. Klarzusehen, mein Freund, ist das Schönste auf der Welt."

„Ich freue mich für dich."

„Aber was ist mit dir? Wie kommst du nach Hause?"

„Ich habe es nicht mehr weit. Mein gelbes Haus mit den gelben Dachziegeln und den blauen Fensterläden ist gleich dort hinten. Ein Stück weit den Weg entlang, an Elisabeth vorbei. Vielleicht sage ich kurz *hallo* und telefoniere etwas mit ihr. Gerade mache ich eine kurze Pause. Meine Beine sehen übel aus, nicht wahr? Aber mach dir keine Sorgen. Ich regeneriere schnell. Heute ist mir das schon zweimal passiert. Nach der Pause springe ich wieder aufs Fahrrad und hopp hopp."

„Warte nicht zu lange, sonst wurzelst du an."

„Du sagtest, du würdest ein weißes Haus mit weißen Dachziegeln haben?"

„Ja."

„Da hinten kommt eins angefahren."

Ich drehe mich um und das Nichts, das kein Nichts ist, ist einer sich verändernden Landschaft gewichen. Die Landschaft steht auf einem Fließband und über meinem Haus fliegen Tauben ihre Kreise.

„Wenn man etwas Wunderherrliches erblickt, dann … Die Knie werden weich, es brechen alle Dämme. Mein Freund, Ralf, ich bin gerade der glücklichste Mensch auf dieser Welt. Mein Weg ist sehr lang gewesen und weil er so lang gewesen ist, wird mir mein Glück auf einem Fließband hergefahren. Ein Leben bin ich gelaufen, zwar nicht immer geradeaus, doch ich habe nicht aufgegeben. So viele Schritte … und ich bin jetzt, kurz vor dem Ziel, so müde geworden. Mir ist nicht aufgefallen, wie sehr ich mich angestrengt habe, um nach Hause zu finden. Warum bin ich überhaupt losgelaufen? Nur um ein Abenteuer zu erleben, das zu Erkenntnissen führt? Aber sind Abenteuer nicht dafür gedacht? Ich glaube, es sollte sich in Waage halten, und ich? Ich habe den Bogen überspannt, das weiß ich jetzt.

Ich bin alt, Ralf. So verdammt alt. Ich glaubte, sie wären gestorben. Manchmal glaubte ich gar, das weiße Haus mit den weißen Dachziegeln gäbe es überhaupt nicht."

Ralf steht wieder und stellt sich neben mich. Ich blicke auf seine Beine. Sie sind zwar vernarbt, aber geheilt und ich brauche mich um ihn nicht zu sorgen. Er wird es bis zu seinem gelben Haus mit den gelben Dachziegeln und den blauen Fensterläden schaffen.

„Ich freue mich für dich. Ich nahm an, nur ich würde fantasieren, deshalb habe ich mit niemandem auf meinem Weg gesprochen: Für einen winzigen Moment glaubte ich nämlich, meine Beine vor langer Zeit bei einem Autounfall verloren zu haben. Ich musste lachen, denn ich fuhr ja Fahrrad und Menschen ohne Beine können eines ganz sicher nicht: Mit Beinen Fahrrad fahren. Schon merkwürdig, dass du mich und meine Beine als Beispiel für deinen Wahnsinn benutzt hast."

Wir lachen. Darüber, dass wir über unseren Verstand gestolpert sind. Darüber, dass wir an dem Offensichtlichsten gezweifelt haben.

Hinten am Horizont färbt sich der Himmel orange.

„Hast du noch Kraft zu laufen oder soll ich dich stützen?"

„Herrje, so alt bin ich schon geworden. Der Tag vergeht und ich werde wohl bald sterben. Lieber Ralf, ich schaffe den Weg allein. Die rote Tür habe ich überlistet, sie ist vermutlich weiter geradeaus an Elisabeth und deinem Haus vorbeigelaufen. Die Abenteuer habe ich ebenfalls bewältigt, daher möchte ich würdevoll ins Haus treten und meine Familie noch einmal in meine Arme schließen. Ich hoffe, sie kann es mir verzeihen, dass ich so lang fern geblieben bin."

Mein Haus kommt angefahren. Kopfsteinpflaster sprießen wie Pilze und formen mir den Weg zum Haus. Links und rechts wachsen je sieben Sonnenblumen und um jede Sonnenblume wachsen sieben gelbe Tulpen und um jede Tulpe sieben Gänseblümchen.

„So schön hab ich es nicht in Erinnerung", sage ich.

„Alles verändert sich."

„Ich gehe dann mal."

Meine Schritte sind schwer und langsam und am Fenster sehe ich Hannah mit ihrem roten Haar stehen. Sie winkt mir zu und im Gegensatz zu mir ist sie nicht einen Tag gealtert. Jung und frisch. Lächelnd und glücklich. Sie lebt. Das Haus steht so, wie ich es verlassen habe: heil. Ich komme an und klopfe an die Tür, drehe mich zu Ralf und winke. Er lächelt. Aus dem Weizenfeld kommt die rote Tür herausgesprungen und läuft auf mich zu. Da ist sie wieder, doch ich bin bald in Sicherheit. Hannah öffnet mir und ich werde hereingezogen.

Ich stehe vor Hannah, hinter mir die geschlossene Haustür.

„Schön, wieder zuhause zu sein", sage ich.

„Schön, dich wieder hier zu haben."

„Es war ein langer Tag."

„Wie ein Leben."

„Ich habe ein Leben mit dir versäumt. Du bist jung geblieben."

„Du hast dich entschieden, alt zu sein", entgegnet sie mir.

Das weiße Haus ist weiß. Alles ist weiß und wir stehen im weißen Flur.

11

„Du wurdest verfolgt."

Ihre Stimme klingt wie der Sonnenaufgang eines jeden Tages. Und jeder Tag gibt das Versprechen ab, er könnte der beste deines Lebens werden. Somit ist Hannahs Stimme das Einhalten eines täglichen Versprechens. Ich blicke ihr in ihre grün-grau-braun gesprenkelten Augen und verliebe mich erneut in sie. Immer wieder. Sie ist heute der Anfang und das Ende meines Lebens. Herrlich.

„Ich habe keinen Tropfen Alkohol getrunken", sage ich ihr, „einen ganzen Tag lang nicht, der ein Leben war."

Sie lächelt und ihr Lächeln ist so schön, so schön wie das Zwitschern eines Vogels, wie das Brummen einer Hummel, wie knisterndes Holz im Sonnenlicht. Ich liebe sie und flüstere: „Ich liebe dich."

„Du wurdest verfolgt", sagt sie erneut und ich huste und röchle.

„Lass mich dir von all den Abenteuern erzählen, bevor ich sterbe."

„Du wirst nicht sterben. Komm, wir legen uns ins Bett."

Ich folge ihr und ich spüre dieselbe Energie in mir, die ich heute Morgen beim Verlassen meines Hauses in mir trug.

„Werde ich jünger?", frage ich.

„Es kommt auf dich an."

Wir laufen die Stufen zügig hoch und sie kichert und ihr Kichern steckt mich an, also kichern wir gemeinsam und oben öffnen wir eine der Türen und in der Mitte des Zimmers steht ein weißes Bett und wir lassen uns darauf fallen.

„Erzähl mir von deinem Tag."

„Draußen vor unserem Haus war ein Pfahl mit zwei Pfeilen angebracht und …"

Ich erzähle ihr alles. Von Elisabeth, Harald und Ralf, von dem Regen, der nicht wirklich gefallen ist, von den Wäldern *Wald der Guten Hoffnung* und *Realität ist ein Trugschluss,* vom *Gras der Irreführung*, von den Alleen *Allee der Telefonate* und *Allee der Leuchten*, von der fragmentierten Sonne. Ich erzähle ihr, wie ich von einem Haus verspeist wurde, wie ich dem Chaos der Zeit begegnet bin, wie ich meinen Verstand beinahe verloren hätte: „… Ich habe geglaubt, ihr wärt alle gestorben. Es war verrückt."

An den weißen Wänden hängen weiße Bilderrahmen ohne Inhalt.

„Wo sind unsere Mädchen, Barbara und Julia? Ich möchte sie in meine Arme schließen und ihnen über ihre Löckchen streichen. Wo sind Lucky, Tobi und Towi?"

„Du hast wahrlich ein Abenteuer hinter dir. Ich hab nur auf unserem Sofa gelegen und auf dich gewartet. Ab und zu bin ich ans Fenster geschlurft und habe die Natur betrachtet. Sie verändert sich stetig. Mal stand unser Haus auf einem Berg und mal neben einem See, aber niemals hat es sich von hier wegbewegt."

Sie greift nach meiner Hand und ihre Hand fühlt sich weich an. Ich drehe meinen Kopf zu meiner Rechten und sehe an der Wand eine weiße Pfirsich-Tür hängen. Sie ist mit Efeu bedeckt, duftet nach Thymian und Pfefferminze und hängt wie ein Rahmen, so als würde sie geöffnet werden wollen, um einem das schönste auf dieser Welt zu präsentieren. Somit würde ich sie öffnen und Hannah darin sehen?

„Ich wurde von einer roten Tür verfolgt. Sie stammt aus dem *Tal der Vierundsechzig Möglichkeiten*. Der Namensgeber bin ich. Der korrekte Name, sollte es einen geben, ist mir unbekannt. Dort stand ein Baum und von den Ästen des Baumes hingen Pfirsich-Türen und sie sahen nicht nur so aus wie die weiße Tür an unserer Wand, sie dufteten auch nach Thymian und Pfefferminze."

„Wir haben keine Töchter, Thomas, und keine Haustiere. Du hast davon gesprochen, als wir noch klein und jung waren. Wir sind zusammen aufgewachsen, erinnerst du dich? Wir sind in den Wäldern spielen gewesen und haben uns die verrücktesten Spiele ausgedacht. In den Sommerferien hast du mich gleich morgens abgeholt und meintest, das würde der schönste Tag unseres Lebens werden. Wir dürften ihn nicht mit Langeweile vergeuden. Abenteurer bräuchten Abenteuer und wir seien die Größten auf der Erde. Wir sind mit den Fahrrädern durch die Wälder gedüst und du hast gerufen: *Schau ein Reh. Es ist halb Cartoon, halb real. Wir müssen ihm ausweichen, denn es ist ein arglistiges Wesen.*

Du hast deine Hand in das Loch eines Baumes gesteckt und meintest, du müsstest einen Finger opfern, sonst würde dich der Baum nicht weiterziehen lassen. Über meinen Hund sagtest du, es sei kein richtiger Hund, sondern eine Katze, die wie eine Spinne aussehen würde – bedrohlich aussehend, zahm im Kern. Du hast mich mit deinem Blödsinn immer zum Lachen gebracht und du hattest Freude daran, mich lachen zu sehen.

Wir sind morgens aufs Rad gestiegen und abends wieder heimgekehrt. Du sagtest immer: *Ein Tag wie ein Leben.* Hatten wir nicht schöne Leben zusammen? Als wir älter wurden, hast du von Töchtern und Haustieren gesprochen. Du würdest mich lieben. Und wenn wir eine Familie werden würden, würden wir durch die Alleen unserer Stadt spazieren und der Mond würde sich für uns in der Nacht fragmentieren und die Sonne am Tage. Unsere Spaziergänge würden so lang werden, bis wir glauben würden, es wären Tage vergangen. *Nur du und ich und unsere Kinder*, sagtest du. Das sei das schönste Abenteuer. Jeden Tag wie ein ganzes Leben führen und so führen, dass wir ihn nicht bereuen dürften. Abends, wenn wir zu Bett gehen würden, würden wir uns ankuscheln und über die Anstrengungen des Lebens lachen. Nie würdest du mich in dieser Zirkuswelt allein lassen. Wie sollte ich mich in so einen Träumer nicht unsterblich verlieben? Also liebten wir uns. Das Leben im Jetzt und die Zukunft in unseren Händen."

Ich stehe auf und gehe ans Fenster. Es ist schon ziemlich lange dämmerig. Das Licht verfärbt sich am Horizont in vielen Farben: Blau, grün, rot, pink, gelb. Das gab es heute schon öfter, aber niemals so schön wie jetzt. Der Abend möchte nicht enden. Unten im Vorgarten auf dem Kopfsteinpflaster steht die rote Tür. Sie wartet. Ich drehe mich zu Hannah, die im Bett liegt und zu mir rüberblickt. Sie sieht ruhig und friedlich aus, als müsste sie kein Leiden verspüren. Ich hingegen bin innerlich aufgewühlt, ein Loch im Herzen und Schweiß an Fingern und Stirn. Ich wüte nicht.

„Wo ist der Alkohol?", frage ich.

„Hier gibt es keinen und ...“

„Was *Und*?“

„Du trinkst keinen.“

„Ich brauche jetzt Alkohol. Ganz schnell, ganz viel.“

„Leg dich zurück zu mir ins Bett.“

„Um mir was anzuhören? Dass unsere Töchter nie existiert haben? Dass diese süßen Löckchen und die Umarmungen bei meiner Ankunft nach der Arbeit nur Phantasmen seien? Das ist verrückt. Wo ist der Alkohol?“

Es fühlt sich an, als würden meine Glieder abfallen, meine Brust sich öffnen, mein Herz sich lösen und wie eine Flamenco-Krabbe tanzend in einen Fleischwolf springen.

„Wir sind erst neunzehn Jahre alt, Thomas. Zumindest waren wir es noch vor 1384 Tagen. Keine vierzig Jahre alt, wie du glaubst.“

Alles dreht sich, ich greife nach meiner Brust, verlasse das Zimmer und gehe ...

„Wo ist das Badezimmer?", rufe ich.

„Wir haben keins.“

„Jedes Haus hat ein Badezimmer.“

Mein Atem ist schwer, ich kriege keine Luft.

„Komm zurück ins Bett.“

Ich öffne jede Tür im Flur und hinter jeder Tür zeigt sich mir ein Bild.

Tür Nummer 1: Elisabeth steht vor einer Ärztin. Die Ärztin trägt eine pinke Haarspange und Elisabeth weint.

Tür Nummer 2: Harald arbeitet weinend in seinem Café und bringt Bestellungen durcheinander.

Tür Nummer 3: Ein übergewichtiger Ralf fährt weinend und alkoholisiert Auto, kracht gegen einen Baum und quetscht sich die Beine ein. Er schreit.

Ich stolpere zurück ins Zimmer zu Hannah und lege mich zu ihr.

„Hier ist kein Badezimmer", hechle ich.

„Das ist auch kein Haus. Beruhige dich, sonst stirbst du."

Sie schnippt mit dem Finger und nun liegen wir im Garten und blicken zum Horizont, der seine Farben wechselt. Ich beruhige mich schlagartig. Mein Verstand rechnet.

„Du hast gesagt, wenn du deine Elektrikerausbildung beendet hast, baust du uns ein Haus. Du meintest, es müsste ein weißes Haus mit weißen Dachziegeln und blauen Fensterläden sein. Das würde zu uns passen. Zu meinem Halbbruder Ralf würde ein gelbes Haus mit gelben Dachziegeln passen und zu meinem Vater ein türkisfarbenes Haus mit türkisfarbenen Dachziegeln. Zu meiner Mutter würde ein grünes Haus mit grünen Dachziegeln passen. Das ähnle Türkis und die beiden müssten sich nicht trennen, auch wenn sie ein wenig verschieden seien. Irgendwann hast du auch meiner nicht mehr ganz so jungen Ärztin eine Farbe verliehen. Sie trüge ständig eine pinke Haarspange, somit würde ein altes pinkes Haus mit alten pinken Dachziegeln passen. Heute ist Sternschnuppennacht. Ist das nicht herrlich?"

Hannah zeigt mit dem rechten Zeigefinger hoch in den Himmel und es fallen bunte Perseiden wie Regentropfen. Sie nähren den Boden mit Wünschen. Jede Pflanze, die dort gedeihen wird, wird Wünsche in sich bergen.

„So manifestieren sich also Wünsche", flüstere ich und Hannah lehnt ihren Kopf an meine Schulter. Ich küsse sie auf die Stirn.

„Was hat es mit den Türen auf sich?", frage ich.

„Ich weiß es nicht."

„Du lügst."

„Ja."

„In unserem Zimmer hängt eine."

„Wir haben kein Zimmer. Wir haben nur uns."

„Ich bin vierzig Jahre alt."

„Lass uns zurück ins Bett."

Vom Garten ins Bett. Ein Wimpernschlag. Hannah kontrolliert den Raum. Das Dach ist weg, es existiert nicht mehr. Wir bewundern die Perseiden, die ihren Schweif wie eine Schleppe hinter sich her schleifen. Sie sind wunderschöne Bräute und sie vereinen sich mit unserer Welt. Wir liegen Tage nebeneinander, ehe sie sagt: „Schau doch einfach in die Tür an unserer Wand und lass dir zeigen, was sie für dich bereithält."

Ich stehe auf und gehe zur Tür, schiebe den Efeu zur Seite und öffne sie. Hannah steht neben mir und zusammen blicken wir in einen anderen Raum.

„Das bin ich", sage ich.

„Und die rote Tür von draußen."

„Ich blicke hinein."

Ich sehe also mich, wie ich in die rote Tür blicke. Der Himmel blättert ab, er wird wie Ascheregen hinfortgeweht und ich sacke zusammen. Die Perseiden verpuffen und hinter dem abgeblätterten Himmel wartet nur eine weiße matte Wand wie ein unbeschriebenes Blatt Papier. Neben der Tür steht Hannah und zerfließt zu Nichts. Da es nicht nichts gibt, zerfließt sie zu etwas, das ich nicht kenne. Übrig bleibt eine kleine Insel vor einer matten weißen Wand und ich knie zusammengesackt vor der geöffneten roten Tür. Nach und nach pulverisiert sich diese Insel. Der Platz wird kleiner. Ich habe zwei Möglichkeiten: Ich gehe durch die Tür oder ich falle in das Nichts, das nicht nichts ist.

„Ich sehe den Tod dieser Welt und somit den Tod von allen, die in dieser Welt leben: Elisabeth, Harald, Ralf, die Wächterin und die ganzen Tiere, die hier leben, das Reh und die Bäume, Angelidron ist bereits vor Jahren gestorben, sie kümmert es nicht."

„Aber wo sind unsere Töchter?"

„Sie … Sie gibt es nicht in dieser Welt."

„Weil wir keine haben, Thomas."

„Auch keinen Hund und keine Katzen."

„Früher hast du mich in den Arm genommen und sagtest – später, wenn du von der Arbeit kommen würdest, würden dir unsere Töchter entgegenspringen, mit einem Lächeln im Gesicht. Goldene Löckchen würden sie haben und sie würden dich lieben, weil sie spüren würden, wie sehr wir uns doch lieben würden. Du hast gestrahlt. Bis zum Ende hast du gestrahlt, wenn du davon erzählt hast. Auch unter Tränen haben deine Augen geleuchtet, mein Schatz. Wir haben so viele Leben miteinander gelebt. Ich bin dir für jedes dieser Leben mit dir dankbar. Du hast all deine Versprechen, die du halten konntest, bis zum Schluss eingehalten. Mein Schicksal war uns ein Spielverderber und unserer gemeinsamen Zukunft im Weg."

„Diese Tür ist also ein Blick in eine mögliche Zukunft. Sie sagt: *Das geschieht, wenn du die rote Tür öffnest.* Warum sollte ich sie also aufreißen? Sag, Hannah, wieso sollte ich dieses Leben mit dir hier in dieser zauberhaften und abenteuerlichen Welt einfach aufgeben? Wir sind jung und können unsere Töchter noch bekommen. Sie werden so, wie ich sie mir vorgestellt habe, und wir adoptieren einen Hund und Katzen. Wir werden das, was wir uns wünschen. Nicht wahr, Hannah? Das ist doch möglich. Oder? Sag bitte, dass es möglich ist."

„Nein, Thomas, leider ist das nicht möglich. In Wirklichkeit hast du nach meinem Tod den Verstand verloren. Deine Geschwister haben dich in eine Psychiatrie gebracht und du stehst gerade vor einem Fenster und blickst auf eine Wiese. Manchmal erschafft uns der Verstand ganz wundersame Welten. Gerade dann, wenn unsere reale Welt ein Scherbenhaufen geworden ist."

Ich bin in Wirklichkeit in einer Psychiatrie? Aber ...

„Aber mit dir hier leben. Das geht, oder? "

„Ja, dieses Leben funktioniert."

„Warum also sollte ich die Klinke dieser roten Tür drücken und einen Blick in sie wagen, weiß ich doch, ich würde alles im selben Atemzug zerstören? Dich und unsere Träume. Auch wenn unsere Träume nie in Erfüllung gehen können, so haben wir immer noch uns und wir können darüber sprechen, wie wunderschön alles hätte sein können."

„Es geht weiter. Auch ohne mich."

„Was geht weiter?"

„Das Leben, Thomas, das Leben."

Ich schließe die Tür und blicke hoch in den Himmel. Das Dämmerlicht schwindet und die Nacht bricht ein. Sterne funkeln und fügen sich zu Bildern zusammen.

„Da, ein Karussell", schluchze ich.

„Ja, ich sehe es."

„Und jetzt bekriegen sich Gladiatoren. Siehst du es?"

Ich lege mich zurück ins Bett, Hannah kuschelt sich an mich und ich spüre ihren Herzschlag ... nicht. Ich habe ihn sonst immer gespürt.

„Ich spüre deinen Herzschlag nicht", sage ich schließlich.

„Ich habe schon lange keinen mehr, Thomas."

„Aber wir können uns hier lieben."

„Bis zur Unendlichkeit."

„Was geschieht, wenn wir einschlafen?"

„Du wachst morgen früh in deinem Büro mit einer leeren Flasche Wein in den Händen auf und fühlst dich benommen. Ich schicke dich raus auf einen Spaziergang und am Abend höre ich mir deine Abenteuer an, die immer die gleichen sind. Am Ende liegen wir hier und schauen uns die Persei-den an. Du spürst meinen Herzschlag nicht und ich sage dir, dass ich schon lange keinen mehr habe."

„Ich bin jeden Morgen der glücklichste Mensch auf die-sem Planeten und abends der traurigste?"

„Was wirst du nun tun?"

„Das, was ich jeden Abend tue."

„Bei mir bleiben?"

„Hab ich dir in all unserer Zeit und in all unseren Abenteuern einen Zungenbrecher vorgetragen?"

„Das wäre neu."

Ich liege neben ihr und all meine Abenteuer habe ich bereits erlebt. Nicht einmal, nicht zweimal, vielleicht ganze 1384 Mal. Doch heute hat sich etwas geändert: „Klingelnde Klingeln klingen klangvoll, klangvoll klingen klingelnde Klingeln."

Hannah lacht.

„Du überraschst mich. Das tust du seit dem ersten Tag in unserer neuen Welt. Heute ist der Zungenbrecher hinzugekommen, das letzte Mal waren es die Holztelefone und davor war es Angelidron."

Ich überrasche sie. Immer wieder aufs Neue. Es hat sich doch nichts verändert. Jeder Tag gleicht dem nächsten. Jeder Tag hält ein kleines Präsent für uns bereit. Die Zungenbrecher in der Allee haben mir große Freude bereitet. Wie viele Überraschungen und wie viel Freude habe ich in der Wirklichkeit versäumt? Ich bin kein Abenteurer. Wäre ich einer, ich würde mich nicht in einer Gedankenwelt aufhalten. Vielleicht war ich mal ein Abenteurer, als Hannah und ich jung waren. Somit war ich nur einer, wenn sie bei mir war. Alle meine Erinnerungen, dieses schöne Leben: Das alles war nicht echt und ich blicke in einer Psychiatrie durch ein Fenster auf eine Wiese? Ich … Ich schnippe mit den Fingern und wir stehen vor der roten Tür. Ist sie der Ausgang aus dieser Welt? Wenn es denn überhaupt eine Gedankenwelt ist. Realität oder Fantasie, es gibt nur eine Möglichkeit, es herauszufinden. Doch will ich es überhaupt? Ich kann hier bleiben.

Für immer. Neben ihr. Ich spüre ihren Herzschlag nicht, na und. Ich ... ich ... ich liebe dich, Hannah! Bis die Welt auseinanderbricht.

„Ein Leben ohne dich", flüstere ich und weine, „Wie wird es sein? Ich denke, ein Leben ohne dich fühlt sich wie der Tod selbst an. Das sage ich, weil es sich gerade so anfühlt. Ich bin vor 1384 Tagen mit dir zusammen gestorben. Aber ... Aber ich habe die Möglichkeit, zurückzukehren und die Schönheit des Lebens zu entdecken. Ich kann das Leben leben, das du dir gewünscht hast. Ich erinnere mich, wie du im Krankenbett gesagt hast, dass du einmal mit mir am Strand spazieren wolltest. Wir haben geweint. Wir haben unsere Hände gehalten und ich habe deine Tränen geküsst. Ich habe ... Das kann keine Einbildung gewesen sein. Das war ... Ich kriege keine Luft."

Ich hyperventiliere.

„Das ist keine Einbildung", sagt sie.

Ein Satz, der mich beruhigt. Nicht schlagartig. Mein Herzschlag pocht wild, doch meine Gedanken sind klar. Sind sie es wirklich? Wo bin ich und wer sind wir?

„Die Zungenbrecher haben mir heute große Freude bereitet. Ich möchte glücklich sein. Das Leben spüren. Zuerst aber möchte ich unglücklich sein und um dich weinen, bis meine Tränen aufgebraucht sind, aber das werden sie nie ganz sein. Und dann, wenn ich glücklich bin, werde ich an dich denken. Ich werde sagen: *Ich bin für dich glücklich geworden*. Und ich werde weinen. Weil du mir fehlen wirst. Weil ich dich liebe. Und jedes Mal, wenn ich an einem Strand bin, werde ich in den Himmel blicken und wenn ich eine Sternschnuppe sehe, werde ich wissen, dass du bei mir bist. Du wirst immer bei mir sein. Bis ich sterbe. Und wahrscheinlich darüber hinaus."

„Was hast du vor, Thomas?", fragt Hannah, ich öffne die Tür und denke: *Ich muss doch herausfinden, ob wir real sind, ob deine Sommersprossen bezaubernde Wanderinnen sind, ob ...*

Ich sacke zusammen, der Himmel blättert ab und ich blicke durch ein Fenster auf eine Wiese.

Nachwort

Hannah ist mit neunzehn Jahren vor 1384 Tagen an den Folgen ihrer Leukämieerkrankung gestorben.

Danksagung

Falls euch die Geschichte gefallen hat, würde ich mich über eine Weiterempfehlung sehr freuen. Nur so können weitere Projekte realisiert werden. Ihr habt sie schon empfohlen? Vielen lieben Dank :-)

Desweiteren danke ich Frau Dr. Alexandra Sept für das Lektorat (immer wieder ein Vergnügen!) und Laura Newman für die Covergestaltung. Ihr seid super.

Fehlen dürfen an dieser Stelle auch nicht Patrick Kamphenkel für den Ausdruck 'Optische Frechheit', und Andreas Kronhardt für die Zeit und die Gespräche während einer Sternschnuppennacht auf seiner Terasse.

theodoros iatridis

Autor von:

Klein ist die Seele – ehrlich Verlag

Vergangenes noch heute – BoD

Schau hoch, ich lass mich fallen – ehrlich Verlag